어제를
버리는
중입니다

어제를
버리는
중입니다

윤태영 지음

북플래저

프롤로그

시간이 지나갑니다. 세월이 흘러갑니다.

또다시 많은 추억과 이야기들이 남겨집니다.

사람들과 나눈 다양한 대화들.

여기저기 구석구석에 남은 발자국들.

기억은 차츰 엷어지고 흔적은 더욱 희미해집니다.

그럴수록 그 속에서 다시 자신을 찾아내려고 애써봅니다.

'그때는 말이야!'

'허허, 그건 이랬던 거야!'

그때 스쳐 지나가는 시간이 문득 속삭입니다.

'내일은 아마 어제보다 더 눈부실 거야.'

불출 씨의 시선과 발길이 다시 내일을 향합니다.

그에게는 아직 가지 않은 길이 있습니다.

아직 경험하지 못한 세상이 있습니다.

그 미래를 오롯이 자신의 것으로 만들기 위해서

불출 씨는 오늘도 어제를 버리는 중입니다.

차례

1

하찮은,
그러나
중요한

2

어쩌면
나에게
남아
있는
숫자들

3

비교되지
않는
삶,
비교하지
않는
삶

4

시선을
주고받는
순간,
관계는
시작됩니다

1

하찮은,

그러나

중요한

어머니의 아들, 딸의 아버지

매일 저녁 어머니에게 문안 전화를 하는 불출 씨,

가급적 거르지 않으려고 애를 씁니다.

그래도 회식이나 저녁 약속이 있으면 쉽지 않습니다.

전화가 늦어지거나 아예 잊는 경우도 있습니다.

회식 때문에 전화 걸기를 깜박했던 어느 날,

밤 열두 시에 집에 온 불출 씨에게 전화가 왔습니다.

어머니가 낮은 목소리로 말합니다.

"걱정되어서 전화했다. 별일 없는 거지?"

불출 씨가 약간 불만이 섞인 말투로 대답합니다.

"가끔 전화 못 할 수도 있지요, 어머니.

신경 많이 쓰시는 것도 건강에 좋지 않아요."

불출 씨의 딸은 지방에서 대학교를 다닙니다.

매일 저녁 그는 딸의 안부 전화를 기다립니다.

딸이 전화를 걸어오는 시간은 일정치 않습니다.

친구들과의 약속, 산더미 같은 과제 때문입니다.

아홉 시까지 소식이 없으면 마음이 불안해집니다.

기다리다 못한 불출 씨가 먼저 전화를 겁니다.

"별일 없는 거야? 밥은 먹었니?"

가끔 딸의 전화가 없는 날도 있습니다.

바쁜 탓에 밤 열두 시가 되어서야 그 사실을 깨닫습니다.

전화를 걸어 불같이 화를 냅니다.

"너는 왜 전화를 제때 못하니?"

딸이 불만 가득한 말투로 대답합니다.

"그럴 수도 있지. 아빠 걱정이 너무 많아."

오지랖 불출

주말의 한낮, 자전거도로를 산책하던 불출 씨.
맞은편 길가에 서 있는 승용차로 시선이 향합니다.
전조등이 환하게 켜져 있기 때문입니다.
운전석에 사람이 앉아 있는지는 분간되지 않습니다.
아무튼 멀리서 봤을 때부터 계속 그런 상태였습니다.
아무래도 실수로 전조등을 켜놓은 게 틀림없습니다.

불출 씨의 호기심이 발동합니다.
정확히 말하면 호기심이 아니라 오지랖입니다.
남겨놓은 전화번호라도 있는지 확인하려고 합니다.
얼른 전화를 걸어 알려주겠다는 생각입니다.
도로에 내려선 불출 씨가 길을 건너려는 순간입니다.
멈춰 선 차로부터 엔진음이 들려옵니다.
시동이 켜진 상태인 것입니다.

화들짝 놀란 불출 씨.

다시 자전거도로 위로 급하게 걸음을 옮깁니다.

그 순간, 높은 턱에 발이 걸려 넘어지고 맙니다.

바닥에 긁힌 손바닥에서는 피가 흐릅니다.

무릎 부분의 바지가 찢겨 살이 보입니다.

망신살이 뻗칩니다.

서둘러 몸을 추스르고 일어나 뒤돌아봅니다.

문제의 승용차는 어느새 사라지고 없습니다.

절뚝거리는 걸음으로 산책을 계속하는 불출 씨.

"제발 이제는 남의 일에 상관하지 말자."

다짐하고 또 다짐합니다.

산책을 마치고 돌아오는 길,

나무에 목줄이 묶인 강아지 한 마리가 보입니다.

누가 버리고 도망간 것이라는 의심이 듭니다.

가만히 다가가 강아지를 한참 쓰다듬어줍니다.

그렇게 10여 분이 지났을 무렵입니다.

중년의 아주머니가 나타나더니 개를 데리고 갑니다.

"주인이세요? 왜 여기 개를 묶어두셨죠?"

불출 씨가 묻자 아주머니가 대답합니다.

"피부병 때문에 일광욕시키는 중입니다."

오지랖 불출, 의문의 2패입니다.

자신만의 잣대

상사의 생신 축하 회식에 참석한 불출 씨.

오랜만에 구워먹는 소고기가 무척 맛있습니다.

식감이 부드럽고 맛이 좋습니다.

마무리로 먹은 열무국수도 환상입니다.

며칠 후, 어머니의 생신날입니다.

일전에 회식했던 식당으로 어머니를 모십니다.

식사하는 모습을 보며 불출 씨가 미소 짓습니다.

그때 식사를 끝낸 어머니가 이야기합니다.

"죄다 이에 껴서 제대로 못 먹었단다."

불출 씨의 부모님은 시골 농가주택에 사십니다.

찾아뵐 때면 언제나 일만 하고 계십니다.

봄이면 집 주변에 매일 자라나는 잡초를 뽑습니다.

여름에 비가 오면 물길을 내고 태풍에 대비합니다.

가을에는 하루에도 몇 번씩 낙엽을 쓸어냅니다.

겨울이면 발목이 빠지도록 쌓인 눈을 치워야 합니다.

'이젠 좀 편하게 지내셔야 할 텐데….'

불출 씨가 조금 무리를 했습니다.

도심의 작은 아파트로 부모님을 모신 것입니다.

아파트 생활을 시작한 지 한 달이 되었을 무렵입니다.

부모님이 다시 시골집으로 내려가셨습니다.

하루 종일 일거리가 있는 그 집이 좋다는 것입니다.

그래야 사람답게 살 것 같다는 말씀이었습니다.

새해의 꿈

새해 첫날, 불출 씨의 가족이 모였습니다.

그 자리에서 작은 소망을 이야기합니다.

"제 꿈은 크지 않고 소박합니다.

큰 부자가 되고 싶은 꿈이 아닙니다.

그저 먹고살 수 있을 정도만 벌고 싶습니다.

가족들 아픈 데 없이 건강했으면 좋겠습니다."

불출 씨의 아버지도 소망을 이야기합니다.

"네가 태어난 지도 40년이 되었구나.

그해부터 오늘까지 나의 꿈은 한결같다.

너와 똑같은 소망이란다."

불출 씨가 고개를 끄덕입니다.

아버지가 진지한 표정으로 말을 덧붙입니다.

"40년 동안 기도해온 소망이란다.

쉽게 이루기 어려운 꿈, 소박하지 않은 꿈이지."

마음을 얻는 법

불출 씨는,

하루의 감동을 위해 한 편의 명화를 감상합니다.

한 달의 감동을 위해 한 편의 명작을 읽습니다.

일생의 감동을 위해 한 명의 진정한 친구를 사귑니다.

불출 씨는,

하루의 건강을 위해 충분한 수면을 합니다.

한 달의 건강을 위해 충분한 운동을 합니다.

일생의 건강을 위해 충분히 욕심을 내려놓습니다.

불출 씨는,

한 사람의 마음을 얻기 위해 그의 말을 경청합니다.

열 사람의 마음을 얻기 위해 자신을 낮춥니다.

불출 씨는 큰 손해를 본다 해도 반드시 진실만을 말합니다.

세상 모든 사람들의 마음을 얻기 위해서입니다.

하찮은, 그러나 중요한…

까마득히 오래전 옛날이 영화로 만들어집니다.
옷차림은 물론 음식과 거리의 모습도 재현됩니다.
그런 영화를 감상할 때마다 불출 씨는 감탄합니다.
100퍼센트 완벽하지는 않을 것입니다.
그래도 대단하다는 찬사를 보내고 싶습니다.

지난날의 경험을 이야기로 엮으려는 불출 씨.
어디서부터 무엇을 써야 할지 막막합니다.
대강의 줄거리는 이미 완성되어 있습니다.
그러나 줄거리를 받쳐줄 디테일이 없습니다.
날씨도, 음식도, 사람의 표정도 기록이 없습니다.

회사의 역사를 기록하고 있는 불출 씨.

처음에는 회장님의 행적과 말씀만을 기록했습니다.

1년이 되던 어느 날 기록을 살펴보았습니다.

그것은 '회사'가 아닌 '회장'의 역사였습니다.

이제 불출 씨는 사원들의 이야기도 꼼꼼하게 챙깁니다.

"내가 지금 이렇게 하찮은 일을 해야 하나?"

"이 일이 과연 대세에 도움이나 될까?"

이제 불출 씨는 이렇게 푸념하지 않습니다.

수없는 하찮음이 모여 귀중한 역사를 만든다고 생각합니다.

우왕좌왕 인생

출근길 지체 구간, 차들이 엉금엉금 기어갑니다.

오늘따라 불출 씨의 1차로는 꼼짝도 하지 않습니다.

옆 차선을 보니 그래도 조금씩 앞으로 나아갑니다.

끝까지 붙잡고 있던 인내심이 바닥을 드러냅니다.

마침내 차선 바꿈을 결행한 불출 씨.

그때를 기다렸다는 듯 1차로의 차들이 전진합니다.

그 대신 옮겨온 2차로에서 보란 듯 정체가 시작됩니다.

왕짜증이 차 안을 가득 채웁니다.

10년 동안 부어온 적금을 해지한 불출 씨.

여윳돈이 생기자 투자처를 찾습니다.

마침 절친한 친구가 전망 좋다며 ㄱ주식을 추천합니다.

차트도 우상향 곡선입니다.

전액을 투자하여 올인합니다.

그날부터 ㄱ주식은 꼭짓점을 찍고 하락세로 전환합니다.

며칠 만에 살점이 떨어져 나가는 기분을 느낍니다.

결국 손절매를 하고 ㄴ주식으로 갈아탑니다.

그날부터 ㄱ주식이 오르기 시작합니다.

ㄴ주식은 며칠 보합세를 보이더니 떨어지기 시작합니다.

미치고 환장할 지경입니다.

장안에 해물탕 집이 인기입니다.

가는 곳마다 손님들로 인산인해입니다.

회사를 그만두고 제법 큰 퇴직금을 받아든 불출 씨.

큰마음 먹고 모험에 몸을 던졌습니다.

재산을 탈탈 털어 해물탕 집을 차렸습니다.

가족 모두 소매를 걷어붙이고 일했습니다.

두어 달 후 해물탕 인기가 시들해졌습니다.

이번에는 커피전문점이 우후죽순입니다.

부랴부랴 해물탕 집을 정리하고 커피점을 열었습니다.

그때 '커피점은 내리막길'이라는 보도가 등장합니다.

사람들이 불출 씨에게 충고합니다.
"이젠 우왕좌왕 말고 일관되게 살아요."
불행한 불출 씨, 고개를 끄덕이며 말합니다.
"지금껏 우왕좌왕으로 일관되게 살아왔어요!"

호기심 바보

뉴스 사이트에서 기사를 찾아 읽던 불출 씨.

기사 하단에 나열된 제목들에 눈길이 갑니다.

"어쩌구저쩌구 하더니 충격!"

"이랬다저랬다 하더니 충격!"

제목의 끄트머리가 호기심을 자극합니다.

서둘러 마쳐야 할 검색 때문에 마음은 급합니다.

그래도 호기심을 이길 장사는 없습니다.

결국 해당 기사를 클릭하여 읽어봅니다.

아무런 내용이 없다는 게 더욱 큰 충격입니다.

바쁘게 길을 걷고 있던 불출 씨.

낯선 젊은 여인이 다가오더니 말을 겁니다.

"인상이 참 좋으세요."

미소로 화답하자 여인이 또 말합니다.

"곧 중요한 일을 하게 될 얼굴이네요."

호기심이 발동하여 불출 씨가 묻습니다.

"무슨 일이지요? 어떤 일인가요?"

카페로 자리를 옮기자 여인이 말합니다.

"상담료를 주시면 미래를 말씀드리지요."

세상은 점점 자극적이 됩니다.

사람은 점점 더 영악해집니다.

빨간 신호등

서울 외곽에 있는 왕복 2차선 도로,
사람과 차의 통행이 한적한 이곳에 횡단보도가 있습니다.
많은 차량이 정지 신호를 무시한 채 쌩쌩 달립니다.
어느 날 이른 아침, 바쁘게 차를 몰고 출근하던 불출 씨.
횡단보도를 앞에 두고 빨간 정지 신호를 만납니다.
순간 양심을 지켜야겠다는 생각으로 차를 멈춥니다.
뒤를 따르던 서너 대의 차들도 차례로 멈춰 섭니다.
건너는 사람이 전혀 없어 횡단보도는 썰렁하기만 합니다.

텅 빈 횡단보도를 보며 불출 씨가 생각합니다.
'혹시 나의 결벽증이 지나친 게 아닐까?'
뒤에 멈춰 선 차들에게 공연히 미안한 마음이 듭니다.
자신이 아니었으면 아마 그대로 쌩쌩 달렸을 차들입니다.
마음이 불편해진 불출 씨.
아직 정지 신호이지만 조심스레 가속 페달을 밟습니다.

횡단보도를 지난 차는 속도를 내며 한참을 달립니다.

잠시 후, 불출 씨가 룸미러로 뒤편 모습을 확인합니다.

아뿔싸, 뒤의 차들은 미동도 않은 채 그대로 있습니다.

신호가 바뀌기를 인내하며 기다리는 것입니다.

낭패감과 민망함이 불출 씨를 엄습합니다.

명언 만들기

불출 씨가 정류장에서 버스를 기다립니다.

버스 도착 안내 시스템이 명언들을 소개하고 있습니다.

"세월은 머리카락을 가져가지만 대신 지혜를 가져다준다."

"서투른 기록이 총명한 기억보다 낫다."

짧지만 탁월한 문장들입니다.

자신이 기억하는 훌륭한 명언들을 생각해봅니다.

"인생은 짧고 예술은 길다."

네 단어만으로 이루어진 명언입니다.

갑자기 명언을 만들고픈 욕심이 생깁니다.

그러나 도무지 좋은 문장이 떠오르지 않습니다.

좋은 말은 이미 유명한 사람들이 다 써먹었습니다.

명언의 씨가 거의 남아 있지 않습니다.

한참 끄적여보던 불출 씨.

마침내 결론과도 같은 명언을 완성합니다.

"유명 인사의 끼적거림은 명언으로 남지만,
장삼이사의 끼적거림은 낙서로 남는다."

불출 씨의 일상에서도 명언은 많습니다.
다만 불출 씨가 유명하지 않을 뿐입니다.

한 줄 평의 주인

최근에 책을 출간한 불출 씨.

관련한 각종 서평과 댓글들을 접합니다.

악성댓글도 있지만, 정확하고 아픈 지적도 있습니다.

갑자기 의욕과 용기를 상실합니다.

며칠간 인터넷은 쳐다보지도 않습니다.

그러나 며칠 후 또다시 궁금해집니다.

그런 과정이 몇 차례 반복됩니다.

언제부터인가 댓글을 읽지 않는 불출 씨.

다른 사람이 관련된 댓글은 찾아가며 읽습니다.

그러나 자신이 관련된 댓글은 결코 읽지 않습니다.

사실 그는 엄청난 호기심의 소유자입니다.

그래도 호기심을 충족하는 기쁨을 포기합니다.

댓글로 인한 상처는 그 이상으로 아프기 때문입니다.

상처받기보다는 차라리 모르고 사는 편이 낫습니다.

그런 불출 씨가 오랜만에 영화 한 편을 봅니다.

기대했던 것보다 완성도가 떨어집니다.

며칠 후 포털에서 다른 검색을 하던 중입니다.

우연히 그 영화에 대한 평들을 접하게 됩니다.

생각보다 우호적인 평가가 다수입니다.

망설이던 끝에 불출 씨가 짤막한 한 줄 평을 남깁니다.

"웃긴다. 영화가 뭐 이래. 이것도 영화라고."

영화는 영화다

영화 같은 삶을 꿈꾸어왔던 불출 씨.

그가 본 영화는 언제나 드라마틱했습니다.

주인공들은 하나같이 멋있었습니다.

그러나 인생의 정점을 지나면서 꿈이 바뀝니다.

영화의 주인공처럼 되고픈 꿈을 접습니다.

현실은 영화가 될 수 없음을 비로소 깨닫습니다.

불출 씨의 현실은 영화와 다를 수밖에 없습니다.

무엇보다 영화배우의 얼굴이 아닙니다.

얼굴을 고칠 만한 돈도 없습니다.

멋진 대사만 읊으며 살 수도 없습니다.

뒷담화도 해야 하고 할 말이 많습니다.

당장 목숨을 버릴 사람처럼 모험할 수도 없습니다.

가능하다면 앞으로 50년은 더 살고 싶습니다.

영화에서는 한탕 하고 15년 감옥 생활도 잠깐입니다.

현실에선 사실상 인생 끝입니다.

우울할 때면 자연스럽게 깔리는 슬픈 음악도 없습니다.

주변엔 온통 개 짖는 소리뿐입니다.

비관 중 낙관

신종플루나 메르스가 창궐하던 시절.

불출 씨는 감염을 우려하며 각별히 조심했습니다.

지하철을 타면 손잡이도 잡지 않았습니다.

사람이 많이 모인 곳엔 얼씬도 하지 않았습니다.

머릿속에는 항상 이런 생각이 맴돌았습니다.

'설마 나까지 걸릴까?

그럴 일은 아마 없을 거야.'

외국 출장이 잦은 불출 씨.

비행기를 탈 때마다 일말의 불안감을 떨치지 못합니다.

하늘 높이 오를수록 걱정도 커져갑니다.

금방이라도 추락하지 않을까 하는 걱정입니다.

마음 한 구석에서는 이런 기대가 똬리를 틉니다.

'비행기는 추락할 수 있지.

그래도 나는 아마 기적적으로 살아남을 거야.'

영락없는 비관주의자 불출 씨.

비관의 끝에는 신기하게도 터무니없는 낙관이 있습니다.

사람의 취향

돼지고기 요리의 핵심은 돼지 냄새를 없애는 일입니다.
고급 생선 요리의 핵심도 비린내를 제거하는 일입니다.

여름, 사람들은 더위를 피해 서늘한 곳으로 갑니다.
겨울, 사람들은 추위를 피해 따뜻한 곳으로 갑니다.

사람들을 만나고 집에 돌아온 불출 씨.
아내를 붙잡고 사람들의 요모조모를 비평합니다.
"ㄱ은 말이 너무 많아서 싫어."
"ㄴ은 허풍이 심해서 못마땅해."
"ㄷ은 잘난 척하는 게 꼴불견이야."
"ㄹ은 일을 대충대충 해서 맘에 안 들어."

이야기를 듣던 아내가 한마디를 합니다.
"나는 까다로운 당신이 가장 싫어요."

존재의 동력

지구는 팽이처럼 스스로 회전합니다.

자전하면서 다시 태양 주위를 돕니다.

태양계도 거대한 은하계 안에서 서서히 회전한다고 합니다.

거대한 우주 안에서는 모든 것이 이동하고 있습니다.

1초 전과 똑같은 위치에 있는 존재는 없습니다.

우주는 그렇게 살아 있습니다.

멈춰 있고 싶어도 멈출 수 없는 운명입니다.

불출 씨의 오늘은 어제와 다릅니다.

내일은 오늘과 또 다를 것입니다.

모레는 내일보다 더 큰 변화가 있을 것입니다.

달라질 것이라는 기대가 고단한 오늘을 사는 동력입니다.

소중한 시간, 소중한 자신

퇴근길의 불출 씨가 노선버스를 기다립니다.

웬일인지 버스는 30분이 넘도록 나타나지 않습니다.

아무래도 무슨 사고가 난 듯싶습니다.

기다리다 지친 사람들이 하나둘씩 정류장을 떠납니다.

다른 버스를 타거나 지나가는 택시를 붙잡습니다.

불출 씨는 인내심을 갖고 끝까지 기다립니다.

그 노선버스를 기다리는 사람은 이제 불출 씨뿐입니다.

인내심이 오기로 바뀌는 순간, 마침내 버스가 나타납니다.

늦게 온 탓에 초만원인 버스에 가까스로 올라탑니다.

집에 도착해보니 평소보다 한 시간이 늦었습니다.

파김치가 된 몸은 축 처졌고 짜증은 치솟았습니다.

TV, 냉장고, 세탁기, 최근에는 스마트폰까지….

새로운 모델의 전자제품이 출시될 때면 마음이 흔들립니다.

구매를 유혹하는 광고 앞에서 마음을 다잡는 불출 씨.

최소 1, 2년을 버티면, 반값으로 살 수 있다는 생각입니다.

그때는 물론 또 다른 '새로운' 모델이 광고되고 있겠지요.

최근 불출 씨는 그렇게 스마트폰을 장만했습니다.

출시된 지 이미 2년이 지난 모델입니다.

그래도 제대로 활용하려면 익혀야 할 사항이 많습니다.

편리해진 기능에 탄성이 절로 나옵니다.

마음 한편에서 이유 있는 아쉬움이 똬리를 틉니다.

남들보다 2년을 뒤처졌다는 생각 때문입니다.

불행한 로또

로또 1등에 당첨된 사람이 언론 인터뷰를 합니다.

"힘들었지만 좌절하지 않고 매주 도전했습니다."

인터뷰 내내 행복한 표정입니다.

그날 이후 더욱 많은 사람이 로또에 도전합니다.

불출 씨도 좌절하지 않고 도전합니다.

언젠가는 1등 대박이 터질 것이라는 믿음이 생겼습니다.

한 달, 두 달이 가고 1년, 2년이 흘러갑니다.

1등은커녕 2등, 3등의 행운도 불출 씨를 외면합니다.

불출 씨가 불행을 느끼기 시작합니다.

이전보다 더 심각한 불행입니다.

불출 씨만이 아닙니다.

많은 사람이 불행하다고 느끼고 있습니다.

세상 전체가 불행해지고 있습니다.

때로는 한 사람의 행운이 타인의 불행이 되기도 합니다.

허구와 다큐멘터리

영화나 드라마, 소설을 즐겨 찾는 불출 씨.
때로는 자신과 관련된 분야의 줄거리를 접합니다.
잘 알고 있기 때문에 금방 '옥에 티'가 보입니다.
지나치게 현실성이 없는 경우도 있습니다.
실망감을 감추지 못하며 몰입을 포기합니다.
허구의 세계를 창조하는 일은 결코 쉽지 않습니다.

다큐멘터리는 허구와 다른 세계입니다.
사실과 어긋나는 줄거리는 최소한 없습니다.
때로는 허구보다 더 큰 감동을 주기도 합니다.
하지만 아무래도 극적 장면의 연출이 어렵습니다.
현실에서는 허구처럼 우연偶然이 많지 않습니다.

오늘도 사람들은 평안한 하루를 기대합니다.

일상이 큰 동요 없이 평안하기를 바랍니다.

실제로도 뜻하지 않은 우연은 거의 없습니다.

많은 사람의 일상은 건조한 다큐멘터리입니다.

불출 씨는 그 사실을 고맙게 받아들입니다.

허구의 세계는 생각보다 감당하기 어렵기 때문입니다.

쌍안경과 현실

불출 씨에게 쌍안경이 하나 있습니다.

친구가 러시아를 다녀오며 사준 선물입니다.

가끔 인근 산에 오를 때마다 들고 나섭니다.

정상에서 쌍안경으로 관찰하는 풍광이 좋습니다.

먼 곳의 모습도 손에 잡힐 듯 다가옵니다.

더욱 먼 곳을 볼 때면 시야가 흔들립니다.

손이 조금만 떨려도 풍경이 흔들립니다.

약간의 떨림도 용납하지 말아야 합니다.

그래야 먼 곳의 풍광도 자신의 것이 됩니다.

누구나 먼 곳을 보고 싶어 합니다.

먼 미래의 일도 정확히 예측하고 싶습니다.

불출 씨도 예외가 아닙니다.

미래에 대해 정확한 전망을 갖고 싶습니다.

그러면 세상이 요구하는 훌륭한 사람이 될 것입니다.

원하면 부자도 되고 명예도 지닐 것입니다.

그래서 불출 씨는 오늘의 자신을 단단히 붙들어 맵니다.

현실이 조금만 흔들려도 안 됩니다.

그럴 때마다 미래가 크게 요동치기 때문입니다.

어제와 다른 오늘

불출 씨가 은퇴한 선배의 집을 찾아갑니다.

선배는 교외에 살면서 전원생활을 즐기고 있습니다.

그는 간단한 스트레칭으로 하루를 시작합니다.

강아지 밥을 준 후 부부가 함께 아침 식사를 합니다.

여러 가지 약과 영양제도 챙겨 먹습니다.

차를 한잔 마신 후 서재에서 인터넷 서핑을 합니다.

그날 써야 할 원고도 마무리합니다.

점심 후에는 인근 야산에 오릅니다.

늦은 오후에는 병원에 가서 치료를 받습니다.

그렇지 않으면 집에서 반신욕이나 찜질을 합니다.

저녁 식사를 마치면 TV를 보다가 잠자리에 듭니다.

은퇴 이후로는 하루도 거르지 않았던 일상입니다.

불출 씨의 후배는 정치권에서 일합니다.

일상을 묻자 그가 머리를 긁적입니다.

반복되는 일상이 없다는 이야깁니다.

행선지가 날마다 다양하게 바뀝니다.

출퇴근 시간도 변화무쌍합니다.

새벽 네 시에 집을 나설 때도 있습니다.

새벽 네 시가 되어서야 집에 올 때도 있습니다.

새롭게 만나야 할 사람이 많습니다.

아는 사람도 만나면 해야 할 이야기가 새롭습니다.

하루하루가 새로운 일주일입니다.

다달이 변화가 생기는 1년입니다.

어느 날 갑자기

가난하지만 착한 마음을 소유한 불출 씨.
항상 불쌍한 사람들에게 무언가를 베풀며 살아갑니다.

매일 출근길마다 마주치는 걸인이 있습니다.
하루도 거르지 않고 작은 성의를 건넵니다.
걸인도 불출 씨만 보면 큰 인사로 고마움을 표합니다.

어느 날 친구들이 불출 씨에게 말합니다.
"자네는 베풀 만큼 여유가 있는 건 아니잖아?"
"오히려 친구들이 자넬 도와야 할 형편이더군."
그날 이후 불출 씨는 남에게 베풀기를 그만둡니다.
주제넘은 일이라는 생각으로 걸인도 외면합니다.

며칠 후 출근길에 만난 걸인이 불출 씨에게 말합니다.
"매일 베풀어주신 탓에 기대가 컸습니다.
그러다 갑자기 끊어버리니 더 견디기가 어렵네요."

불출 씨의 마음이 아파옵니다.
더 견디기 어려운 것은 바로 자신입니다.

눈먼 돈

110억 원의 현금이 마늘밭에서 발견되었습니다.

오래전 전북 김제에서 있었던 일입니다.

진원주택 부뚜막 아궁이에서 돈이 발견된 적도 있습니다.

현금 5억 원과 1억 원의 외화입니다.

서울 어느 사무실의 방바닥 아래에서는 금괴가 나왔습니다.

치매 노인이 숨겨둔 65억 원어치 금괴입니다.

최근 어느 대학교의 사물함에서도 돈이 발견되었습니다.

무려 2억 원의 현금이었습니다.

돈을 숨겨놓고 싶은 사람들이 있습니다.

정당한 돈도, 부정한 돈도 마찬가지입니다.

남몰래 숨겨놓고 편안하게 살고 싶어 합니다.

어쩌면 본능일지도 모릅니다.

그런 기사들을 접할 때마다 혀를 끌끌 차는 불출 씨.

한 가지 의문이 머릿속을 맴돕니다.

밭에, 부뚜막 아궁이에, 사물함에 돈을 숨긴 사람.

그들은 과연 마음이 편안할까요?

돈에 무슨 일이 생길까 오히려 전전긍긍하지 않을까요?

어쩌면 실제로 그런 눈먼 돈을 훔쳐간 사람도 있을 겁니다.

이런저런 이유로 알려지지 않았을 뿐.

그래도 그것은 남의 일입니다.

돈이 없어 불쌍한 불출 씨.

오늘도 공연히 욕실 위 천장을 열어봅니다.

모르고 이야기하면 안 된다?

"내가 해봐서 아는데…"

직장 생활에서 상사로부터 자주 듣는 말입니다.

"해보지 않았으면 말을 하지 마세요."

TV 개그 프로그램에서 접하는 말입니다.

과연 우리는 아는 만큼만 이야기하고 있을까요?

모르고 이야기하면 안 되는 것일까요?

불출 씨는 모르는 게 참 많습니다.

이 우주는 도대체 어디서 온 것일까요?

난 누구인지, 또 여긴 어디인지도 알고 싶습니다.

세포 속엔 무엇이 있는지 궁금합니다.

우주 바깥에는 또 무엇이 있는지 궁금합니다.

아는 사람이 없습니다.

그래도 불출 씨는 우주를 말하고 세포를 이야기합니다.

미토콘드리아만 알고 리소좀은 모를 수 있습니다.

그래도 세포를 이야기할 수 있습니다.

알 수 없는 미래이지만 그래도 미래를 말할 수 있습니다.

비밀번호 유감

야근 때문에 밤늦게 퇴근한 어느 날.
집 현관 앞에 도착한 불출 씨가 당황합니다.
출입문의 비밀번호가 생각나지 않습니다.
번호를 몰라도 문이 열린 날은 많았습니다.
손가락이 습관대로 번호를 누르기 때문입니다.
이날따라 손가락은 방향 감각조차 없습니다.
하는 수 없이 집 안의 아내에게 전화를 겁니다.
잠에서 깨어난 듯싶은 아내가 대답합니다.
"나도 갑자기 생각이 나지 않아요. 뭐였더라!"
기억을 더듬는 아내에게 불출 씨가 말합니다.
"번호는 나중에, 우선 문부터 열어주세요!"

포털 사이트들은 비밀번호 변경을 자꾸 권합니다.
바꾸지 않으면 탈이 날 것 같은 분위기입니다.
새 비밀번호가 현재와 비슷하면 안 됩니다.

생일이나 전화번호를 활용하는 것은 금기입니다.

숫자와 특수문자를 섞어 여덟 자리가 넘어야 합니다.

신용 카드도 인터넷 뱅킹도 마찬가지입니다.

일률적으로 같은 비밀번호를 쓰면 위험합니다.

자주 쓰지 않으면 기억하기도 쉽지 않습니다.

기억해야 할 비밀번호가 너무 많습니다.

불출 씨가 꾀를 하나 내었습니다.

다양한 비밀번호들을 모아 새 파일을 만들었습니다.

이 파일에도 물론 비밀번호를 걸어 놓았습니다.

왔다 하면 한꺼번에

수년 전의 일입니다.

봄부터 초여름에 걸쳐 가뭄이 극심했습니다.

'100년 만의 가뭄'이라며 걱정이 많았습니다.

다행스럽게 한두 차례 비가 내리기 시작했습니다.

그러고는 곧 해갈이 되었습니다.

그로부터 얼마 후 집중 호우가 찾아왔습니다.

늦여름까지 태풍이 잇따랐습니다.

불출 씨는 지겨울 정도로 빗줄기를 구경했습니다.

금연·금주를 결행하고 한 달이 지난 불출 씨.

담배 한 모금, 술 한 잔 앞에서 약해집니다.

여전히 밀쳐내기 힘든 유혹입니다.

주위 사람들은 끊임없이 결심을 흔들어댑니다.

"한 개비쯤이야 누가 알아?"

"한 잔쯤이야 어때?"

불출 씨는 실패했던 경험을 떠올리며 마음을 다잡습니다.

한 개비가 한 갑을 부르고 한 잔은 한 병을 부릅니다.

낙관주의자의 세상

불출 씨의 아내는 세상을 즐기는 편입니다.
때로는 유리한 것만 보고 상황을 판단합니다.
잘못한 일은 서둘러 잊어버립니다.
과거에 집착하기보다는 미래를 생각합니다.
슬퍼하거나 걱정하는 시간은 짧습니다.
기뻐하거나 만족하는 시간이 많습니다.
다른 사람에게도 대체로 관대한 편입니다.
불출 씨의 아내는 낙관주의자입니다.

불출 씨는 세상을 걱정하는 편입니다.
때로는 불리한 것만 보고 상황을 판단합니다.
불리한 것부터 생각하고 철저히 대비합니다.
잘못한 일은 철저히 반성하며 자책합니다.
다가올 미래는 불안함으로 가득합니다.
혹시 잘못되는 일이 없을지 노심초사합니다.

자신은 물론 타인의 결점에 대해서도 엄격합니다.
불출 씨는 비관주의자입니다.

불출 씨는 자신이 비관주의자라는 사실이 못마땅합니다.
불출 씨 아내는 자신이 낙관주의자란 사실에 만족합니다.
아무래도 낙관주의로 사는 것이 유리한 세상입니다.

과유불급

스마트폰이 필수품이 된 지는 이미 오래입니다.
그때부터 불출 씨에겐 멍 때리는 시간이 없습니다.
시간만 나면 스마트폰을 들여다보기 때문입니다.
다양한 SNS를 통해 사람들과도 소통합니다.

산 정상에 오르면 가장 먼저 스마트폰을 꺼냅니다.
바닷가를 산책하는 중에도 스마트폰에 집중합니다.
사색과 모색의 시대가 아니라 소통의 시대입니다.
SNS 공간에는 수많은 언어와 생각이 교차합니다.

"과연 이 많은 생각들을 다 알아야 하는 걸까?"
"과잉소통이 과잉대응을 낳는 건 아닐까?"
불출 씨의 우려가 걱정으로 이어집니다.
"목소리가 작은 사람들은 어디에서 살아야 하는 걸까?"

두 배의 감동

TV 개그 프로그램을 시청하던 불출 씨.

갑자기 웃음이 빵 하고 터집니다.

사실 흔하디 흔한 개그의 한 장면입니다.

그런데 개그의 주인공 표정이 압권입니다.

웃기는 말을 해놓고도 주인공은 오히려 태연합니다.

아무것도 모른다는 듯 천연덕스러운 표정입니다.

그 표정이 불출 씨를 빵 터지게 만든 것입니다.

웃지 않는 주인공이 두 배의 웃음을 선물합니다.

슬픈 영화를 보러 간 불출 씨.

고통의 한가운데에 선 주인공의 처지가 안타깝습니다.

그런데 주인공은 끝까지 눈물을 참아냅니다.

심지어는 애써 밝은 미소로 사람을 마주합니다.

그 모습에 관객들은 가슴이 미어지는 슬픔을 느낍니다.

눈물이 없어도 통곡이 없어도 슬픔이 두 배가 됩니다.

신뢰의 표현

산책을 나갔다가 돌아오는 길.
불출 씨가 강아지를 안아 올립니다.
열다섯 살 된 노견입니다.
나이 탓에 눈도 어두워져 있습니다.
산책하는 게 힘이 들었나 봅니다.
너석이 품에 안겨서는 축 늘어집니다.
몸에 힘을 쭉 뺀 상태입니다.
앞도 보이지 않는데 긴장하는 기색이 없습니다.
주인에 대한 절대적 신뢰의 표현입니다.

딸의 귀가가 늦어지자 불출 씨가 전화합니다.
"너 언제 들어오려고? 차 끊어지기 전에 들어와!"
열두 시가 다가오자 다시 전화합니다.
"약속했잖아. 왜 아직 안 들어오는 거야?"
딸이 퉁명스럽게 대답합니다.

"아직 차 안 끊어졌어. 나를 믿어!"

친구에게 송금할 일이 생긴 불출 씨.
집을 나서면서 아내에게 부탁합니다.
"잊지 말고 꼭 해줘요. 오전 중으로!"
회사에서 일하던 불출 씨가 전화를 합니다.
"아까 내가 부탁한 송금, 했나요?"
아내가 짜증스럽게 대답합니다.
"아직 열한 시밖에 안 됐어요. 나를 믿어요."

작은 집, 작은 차

불출 씨의 경제 사정이 어렵습니다.
돈이 들어갈 일들이 더욱 많아집니다.
벌이는 오히려 나날이 줄어듭니다.
불출 씨는 구조조정을 결심합니다.
우선 집과 차를 작은 것으로 바꾸기로 합니다.
그러자 친구가 충고합니다.
"차와 집은 줄여서 살기가 어려운 법이야."
고개를 끄덕이지만 방법이 없습니다.

얼마 후 작은 평수의 집으로 이사한 불출 씨.
큰 차를 팔고 작은 경차도 구입합니다.
가족들의 표정이 생각보다 어둡지 않습니다.
아이들은 오히려 신나는 표정입니다.
작게 줄이는 대신 새것을 선택한 때문입니다.
'새롭다'는 기쁨이 '작다'는 아쉬움을 능가합니다.

저주받은 성격

베개에 머리가 닿으면 곧바로 잠드는 사람이 있습니다.
침대에 누우면 고민을 시작하는 사람도 있습니다.
잠은 사람을 다시 태어나게 합니다.
고민은 사람을 피폐하게 만듭니다.

아침이면 어제 일을 깨끗이 잊는 사람이 있습니다.
눈을 뜨면 어제를 후회하는 사람도 있습니다.
도전은 사람을 미래에 살게 합니다.
후회는 사람을 과거에 살게 합니다.

일을 마주하면 '잘 될 거야!'를 외치는 사람이 있습니다.
일이 닥치면 '안 될 경우'에 먼저 대비하는 사람도 있습니다.
낙관주의자에게는 신바람 나는 삶이 있습니다.
비관주의자에게는 힘겹고 고통스러운 삶이 있습니다.

불출 씨는 고민도 많고 후회도 많습니다.

비관주의자로 사는 것도 지긋지긋합니다.

그래도 성격은 끝내 바뀌지 않습니다.

자신의 성격을 받아들이는 것.

어쩌면 그것이 낙관주의의 시작입니다.

여백과 침묵의 미학

A4 용지가 한 장 있습니다.

가장 한가운데에 10포인트로 씁니다.

"사랑합니다."

나머지는 온통 흰 여백뿐입니다.

다섯 글자의 의미가 남다르게 전달됩니다.

A4 용지가 한 장 있습니다.

깨알 같은 글씨로 한 장 가득 씁니다.

사랑하고 있는 사연입니다.

지면 전체가 글로 채워집니다.

쉽게 읽어볼 엄두가 나지 않습니다.

쉴 새 없이 자신의 이야기만 하는 사람이 있습니다.

다 듣고 나서 돌아오는 길.

제대로 기억나는 내용이 없습니다.

말수가 적고 이야기를 경청하는 사람이 있습니다.
그런 사람이 어느 날 문득 한마디를 던집니다.
한마디의 의미가 사람들의 가슴에 꽂힙니다.

구렁이가 되자

중학교 시절, 친구가 불출에게 묻습니다.

"구렁이 형제가 있어.

가장 큰놈 이름이 일렁이야.

그다음 이렁이, 삼렁이고.

그렇게 팔렁이, 구렁이까지 왔어.

이제 구렁이 동생들을 이야기해봐."

불출이 대답합니다.

"십렁이, 십일렁이, 십이렁이…"

친구가 깔깔 웃으며 말합니다.

"구렁삼, 구렁사, 구렁오…"

새삼스럽게 떠오른 옛날의 이야기.

불출 씨가 하나의 지혜를 발견합니다.

구렁이는 위아래 형제의 중심입니다.

그렇듯 불출 씨도 오늘부터 세상의 중심이 됩니다.

자신을 중심으로 생각하는 것입니다.

나로부터 위가 시작되고 또 나로부터 아래가 시작되는 것입니다.

어쩌면

나에게

남아 있는

숫자들

어쩌면 불출 씨에게 남아 있는 숫자들

어쩌면 불출 씨에게 남아 있는 숫자들입니다.
스무 번의 생일.
마흔 번의 설날과 추석.
여든 번의 계절.
두 차례의 자녀 결혼.
두 번의 상주.

두 명의 손자 또는 손녀.
한 번의 이사.
한 번의 유럽 또는 남미 여행.

한 차례의 불치병 선고.
한 달 이내의 입원.
한 차례의 출상과 화장.

죽다가 살아난 후에

어느 해 겨울, 엄청난 두통이 불출 씨를 찾아왔습니다.
누군가 망치로 머리를 때리는 느낌이었습니다.
서둘러 종합병원 응급실에서 CT를 찍었습니다.
곧바로 뇌출혈이라는 진단을 받았습니다.
의사는 재출혈의 가능성을 경고합니다.
그러면 사망할 수도 있다는 이야기입니다.
즉시 환자복으로 갈아입은 뒤 다양한 약물이 투입됩니다.
중환자실 중에서도 집중치료실로 옮겨집니다.

이동침대에 누운 채 병실에 들어가기 적전입니다.
높은 유리 천장을 통해 파란 하늘이 보입니다.
'어쩌면 마지막으로 보는 하늘이겠구나.'
눈물도 슬픔도 없지만 그래도 아쉬움은 있습니다.
마음속으로 작은 다짐을 하는 불출 씨.

'죽지 않고 살아난다면 하늘을 자주 보고 살자.'
'새로운 삶은 덤이라고 생각하고 욕심을 버리자.'
'나가게 되면 이젠 좀 주위에 베풀면서 살아가야지.'

다행히 재출혈은 없었고 불출 씨는 보름 만에 퇴원합니다.
다시 그로부터 한 달이 지났습니다.
불출 씨는 예전처럼 하늘 한번 쳐다보지 않습니다.
주머니 속의 돈을 세느라 여념이 없습니다.

먼 곳의 상가

불출 씨가 KTX를 타고 멀리 남도에 갑니다.
절친의 부친상에 문상하러 가는 길입니다.
일정이 빠듯했지만 가까스로 시간을 냈습니다.
바쁘다는 이유가 통할 수 없는 친구입니다.

KTX 일반석은 왕복 요금이 10만 원입니다.
절친이라 부의금을 20만 원으로 할까 생각합니다.
아무래도 부담이 커서 절반으로 줄입니다.
종착역에 도착하니 대중교통편이 없습니다.
택시를 붙잡아 타고 가니 요금이 3만 원입니다.
다시 역으로 오는 것을 감안하면 6만 원인 셈입니다.

문상 한 번에 25만 원 이상의 돈이 지출됩니다.

물론 흔한 일은 아닙니다.

이런 일이 한 달에 네 번 생기면 큰일입니다.

불출 씨의 한 달 결산은 파산이 될 것입니다.

그렇다고 해서 가지 않을 수도 없는 상가입니다.

'이런저런 돈 계산을 하지 말아야 하는데….'

불출 씨는 자꾸만 아쉬움이 남습니다.

결국 자신의 쫀쫀함만을 탓할 수밖에 없습니다.

우표와 소인消印

불출 씨가 예쁜 우표가 붙은 손편지를 받았습니다.
자세히 보니 마침 소인消印이 옅게 찍혀 있습니다.
조심스레 지우면 재사용할 수 있을 듯싶습니다.
지우개로 살살 지워봅니다.
한참 애를 쓴 끝에 소인을 완벽히 지웁니다.
그런데 소인만 사라진 것이 아닙니다.
우표의 문양도 함께 사라졌습니다.
이제는 우표라고 부르기도 어려울 지경입니다.

지난날을 돌아볼 때면 아픈 기억이 있습니다.
가슴에 멍으로 남은 흔적도 있습니다.
불출 씨도 한때는 그것을 지우려고 애를 썼습니다.
그러나 이제 더는 그러지 않습니다.
아픈 기억도, 상처로 남은 흔적도 그대로 내버려둡니다.
자칫 자신의 인생도 지워버릴 수 있기 때문입니다.

혹독한 계절

동장군이 맹위를 떨치는 1월의 겨울입니다.
불출 씨의 온몸이 잔뜩 움츠려 있습니다.
외출하려면 옷을 잔뜩 껴입어야 합니다.
손발도 차갑고 혈액순환도 원활하지 않습니다.
눈이 녹아 얼어붙은 길은 걷기에도 불편합니다.
'어서 빨리 겨울이 지나갔으면…'
불출 씨의 바람입니다.

이 겨울이 가면 새해는 벌써 6분의 1이 지납니다.
어쩌면 3월까지도 꽃샘추위가 기승을 부릴 것입니다.
여전히 지금처럼 몸을 움츠릴 수도 있습니다.
한 해의 4분의 1을 그냥 흘려보내는 셈입니다.
봄이 잠시 다녀가면 다시 무더운 여름입니다.
그때는 장마와 폭염이 물러가기를 기다리겠지요.
다시 잠깐 가을을 맛보면 어느새 겨울이 됩니다.

언제나 시간을 소중히 아끼는 불출 씨.

춥지 않으면 덥다는 이유로 세월이 가기를 기다립니다.

그렇게 늙어가고 있습니다.

아는 것이 힘?

호기심 대마왕인 불출 씨.
'아는 것이 힘이다'가 그의 지론입니다.
궁금한 사항은 모두 검색으로 해결합니다.
몸에 이상 증세가 생겨도 마찬가지입니다.
인터넷 속에는 의학 정보가 무궁무진합니다.
그러다가 증상과 일치하는 질환을 발견합니다.

호기심의 끝은 새로운 걱정의 시작입니다.
중병에 걸렸다는 낭패감에 사로잡힙니다.
급기야 병원을 찾아가 직접 진찰을 받습니다.
CT를 촬영하고 혈액과 소변을 검사합니다.
"죽을병은 아니다"라는 의사의 말에 비로소 안심합니다.
아는 것이 때로는 '병'이 되기도 합니다.

재부팅

요즘 불출 씨의 컴퓨터가 신통치 않습니다.

모르는 사이에 바이러스가 침투한 걸까요?

걸핏하면 먹통이 됩니다.

갑자기 뜬금없는 프로그램이 실행되기도 합니다.

키보드를 쳐도 글자가 느릿느릿 나타납니다.

마우스도 신통치 않습니다.

아예 멈춰 서는 경우도 비일비재합니다.

불출 씨의 짜증이 극에 달합니다.

"너무 오래 썼나? 2년밖에 안 됐는데…."

불출 씨의 마지막 선택, 재부팅입니다.

요즘 불출 씨의 건강이 신통치 않습니다.

조금만 움직여도 금세 피곤해집니다.

여기저기가 쑤시고 아파옵니다.

깜빡깜빡 잊는 일도 많습니다.

금방 했던 일도 까먹고 되풀이하곤 합니다.

은행에도 주머니에도 돈은 없습니다.

아이들 교육비도 걱정입니다.

노후 대비는 한참 후순위의 문제입니다.

자꾸만 버벅대는 인생, 재부팅만 할 수 있다면….

불출 씨의 이루어질 수 없는 꿈입니다.

아직은 나도 내가 무엇이 될지 모른다

지난 가을, 불출 씨는 교외에 집터를 장만했습니다.

나중에 형편이 되면 선원주택을 지으려는 것입니다.

겨울이 지나고 따뜻한 봄이 왔습니다.

화창한 어느 날 불출 씨의 가족들이 집터를 찾습니다.

곳곳의 작은 나무들을 보니, 새잎이 돋아나고 있습니다.

불출 씨가 아들에게 말합니다.

"기왕 나왔으니 집터 주변을 정리해볼까?"

"쓸모없는 나무들은 뽑아버리자!"

아들이 고개를 끄덕입니다.

불출 씨와 아들이 작은 나무들을 뽑으려고 합니다.

그러나 생각만큼 쉽지 않습니다.

"그냥 두기로 하자."

"나중에 집 지을 때 한꺼번에 정리하면 되지."

늦은 봄, 다시 집터를 찾은 불출 씨 가족.
눈앞에 펼쳐진 광경에 입을 닫지 못합니다.
곳곳의 작은 나무들이 꽃을 피웠습니다.
형형색색의 아름다운 꽃들입니다.
매화도 있고 철쭉도 있고 수국도 있습니다.
이른 봄에는 미처 그 정체를 몰랐던 나무들.
꽃이 핀 후에야 비로소 진면목을 드러냅니다.

따지고 보면 불출 씨도 다를 것이 없습니다.
그에게는 여전히 많은 날들이 남아 있습니다.
불출 씨도 아직은 자신이 무엇이 될지 모릅니다.

맞지 않는 결산

추석 아침, 조상님께 차례를 올린 불출 씨.
오후에는 가족들과 심심풀이 내기 고스톱을 칩니다.
열 판 정도 하려던 것이 스무 판을 넘어서야 끝납니다.
가족들끼리의 놀이였지만 그래도 계산은 맞지 않습니다.
땄다고 인정하는 돈보다 잃었다는 돈이 훨씬 많습니다.

월급이 이체되어 들어온 다음 날 오전입니다.
불출 씨가 자동이체 출금된 내역을 확인합니다.
하루가 지났을 뿐인데 벌써 잔고가 바닥입니다.
월급이 적은 건지 지출 규모가 큰 건지 모르겠습니다.
한 달을 결산할 때면 항상 손해 보는 느낌입니다.

이번 가을에는 유난히 결혼 안내 청첩장이 많습니다.
꼬박 참석하여 축의금을 내려니 부담이 큽니다.
5만 원은 적어 보이고 10만 원은 많아 보입니다.
벌써 10년째, 경조비를 내기만 하고 받는 일은 없습니다.
손익계산을 하면 아무래도 손해 막심입니다.

언젠가는 살아온 삶을 정리할 그날이 올 것입니다.
어쩌면 그 순간에도 인생의 손익을 따지게 될까요?
그 슬픈 계산만은 막아야겠다고 생각하는 불출 씨.
오늘도 손해 없는 하루를 위해 열심히 뜁니다.
그래도 끝내 남게 되는 손해는 그날로 털어버립니다.

먼 훗날 기억될 오늘

여름이 해마다 길어집니다.

불출 씨에게만 그런 것은 아닙니다.

모든 사람들의 봄·가을이 짧아지고 있습니다.

지구가 온난화되기 때문이라고 합니다.

그래도 와야 할 계절은 끝내 오고야 맙니다.

지난날을 되돌아보는 불출 씨.

행복했던 순간들은 쏜살같이 가버렸습니다.

힘들고 모진 시간들도 결국은 지나갔습니다.

한때는 영원히 오지 않을 듯싶던 날이 있었습니다.

이제 그날은 오래전 옛날이 되어 있습니다.

애태우며 힘들게 기다리지 않아도 됩니다.

오지 말라고 애원해도 소용없습니다.

결국 오고야 마는 것이 세월입니다.

시간은 멈추는 법을 모릅니다.

그래서 두려운 것이 세월입니다.

언젠가는 불출 씨도 마지막 순간을 맞을 것입니다.

그 순간 기억에 선명히 남아 있을 오늘을 살고 싶습니다.

세상이 밉다고 세월을 그냥 보낼 수는 없습니다.

최고의 불가사의

휴가를 즐기려고 오랜만에 제주도를 찾은 불출 씨.

공항 근처 펜션에 여장을 풀고 바닷가를 산책합니다.

크고 작은 현무암들이 제주도에 왔음을 실감하게 합니다.

구멍이 송송 뚫린 모양은 볼수록 신기합니다.

한라산 산자락에는 듬성듬성 오름이 솟아 있습니다.

오름에 오르는 길에 멀리 아래쪽을 봅니다.

사람의 발길이 닿지 않은 숲이 끝없이 펼쳐집니다.

대자연의 신비가 그곳에 있습니다.

제주도 앞바다에 짙은 어둠이 내립니다.

캄캄한 바다 먼 곳에서, 고기잡이배들이 불을 밝힙니다.

할로겐 집어등은 오징어와 갈치를 유인합니다.

등불의 향연이 섬을 찾은 나그네를 유혹합니다.

자연과 사람이 만드는 경이로운 풍광입니다.

방금 이륙한 비행기가 굉음과 함께 펜션 위를 지납니다.

육중한 동체가 하늘을 난다는 사실이 믿기지 않습니다.

잠자리에 들기 전, 불출 씨가 세면대 앞에 섭니다.
거울에 비친 자신을 물끄러미 바라봅니다.
뭐니 뭐니 해도 최고의 불가사의는 따로 있습니다.
자신이라는 존재가 이 세상에 살고 있다는 사실입니다.
'난 누군가? 또 여긴 어딘가?'
유행가의 익숙한 소절을 속으로 되뇌는 불출 씨.
내일도 그는 최고의 불가사의, 자신을 사랑할 것입니다.

"왕년에 말이야"

불출 씨가 아버지와 함께 산에 오릅니다.

요즘 아버지는 나무와 꽃, 풀에 관심이 많습니다.

그런 모습을 보며 불출 씨가 생각합니다.

'아버지도 이제 많이 늙으셨나 보네.

나이가 들면 자연에 관심이 더 많아진다는데…'

아버지가 이야기합니다.

"더 젊었을 때 자연을 사랑하는 법을 배워야 했는데…"

아버지가 산에서 우연히 옛 친구를 만납니다.

옛 친구가 반가워하며 이야기보따리를 풉니다.

이야기의 시작은 항상 '왕년에 말이야!'입니다.

"그땐 내가 최고였어. 모두들 나를 부러워했지."

불출 씨와 아버지가 고개를 끄덕입니다.

"한때는 내가 동네 돈을 다 벌었지. 쓰기도 바빴어."

여전히 아버지는 묵묵히 듣기만 할 뿐입니다.

자신의 왕년은 끝내 이야기하지 않습니다.

산에서 내려와 집으로 오는 길.
불출 씨가 아버지에게 '침묵의 이유'를 묻습니다.
먼 곳을 응시하며 아버지가 대답합니다.
"지난날을 이야기하기에는 내가 아직 젊어.
지금의 내겐 자랑할 과거보다 궁금한 미래가 더 많구나."

긴 하루, 짧은 1년

일이 많은 사람은 하루가 짧습니다.
조금 전 출근한 듯싶은데 벌써 퇴근 시간입니다.
방금 눈을 붙였는데 새벽 알람이 울립니다.

사람 몇 번 만나면 일주일이 지나갑니다.
한 달은 쏜살같고, 한 해는 바람 같습니다.
1년 전 일들이 까막득히 옛날로 느껴집니다.
그새 일도 많았고 사연도 많았기 때문입니다.

일 없는 사람은 하루가 48시간입니다.
한 시간이 지났다는 생각에 시계를 봅니다.
긴 바늘이 가까스로 30분을 지나고 있습니다.
몸은 편한데 마음은 불편합니다.

다음 달은 까마득하고 다음 해는 먼 훗날입니다.

1년 전 일들이 어제처럼 선명하게 다가옵니다.

그동안 특별한 일도 사연도 없었기 때문입니다.

세월은 기다리는 것이 아니라 만나러 가는 것인가 봅니다.

"박수 칠 때 떠나라!"

'새 술은 새 부대에'라는 말이 있습니다.
그렇듯 새로운 시대는 새로운 인물을 요구합니다.
세상의 모든 영역이 그렇습니다.
하지만 퇴장은 결코 쉬운 일이 아닙니다.

어떤 사람들은 화려한 스포트라이트를 기억합니다.
관객의 환호성도 쉽게 잊지 못합니다.
자신의 경험이 무대를 빛낼 거라는 믿음도 있습니다.
그래서 어떻게든 무대에 남으려고 합니다.

과도하게 무대에 집착하면 비난이 쏟아집니다.
때로는 노욕老慾이라는 비난도 감수해야 합니다.
어쩌다가 무대와 객석의 중간 계단에 서게 된 불출 씨.
그가 스스로에게 묻습니다.
무대 한 귀퉁이의 배우로 남을 것인가?

아니면 무대 전체를 감상하는 관객이 될 것인가?

해답을 궁리할 때마다 귓전에 맴도는 말이 있습니다.

"박수 칠 때 떠나라!"

화려함의 이면

눈 내리는 겨울, 풍경이 아름답습니다.

상록수에 눈이 쌓인 모습이 장관입니다.

날씨가 풀린 주말입니다.

불출 씨가 오랜만에 산에 오릅니다.

쌓인 눈이 녹아 등산로가 엉망입니다.

여기저기 진흙탕이 된 곳도 있습니다.

내리던 눈의 아름다움은 온데간데없습니다.

"봄의 신록은 금세 가을 낙엽이 된단다."

"오르막이 있으면 내리막이 있는 법이지."

불출 씨 아버지의 이야기입니다.

"젊어서 무리하게 정상에 오르려 하지 말거라."

"올랐다 해도 내려오기를 주저하지 마라."

아버지가 덧붙인 설명입니다.

모든 화려함은 언젠가 초라함으로 바뀝니다.

한때의 화려함에 영원히 머무를 수는 없습니다.

눈부신 과거가 질곡의 현실로 바뀔 수도 있습니다.

감옥과 군대, 그리고…

감옥에서는 하루가 1년 같습니다.

하루 종일 할 일이 하나도 없기 때문입니다.

하지만 지나간 1년은 하루 같습니다.

1년 동안 한 일이 하나도 없기 때문입니다.

그래도 출소일은 언제나 까마득합니다.

6개월이든, 1년이든, 그저 먼 훗날일 뿐입니다.

기다리는 것 말고는 할 일이 없는 곳입니다.

군대에서는 하루가 한 시간 같습니다.

바쁘게 움직이다 보면 시간은 쏜살같이 갑니다.

그러나 지난 1년은 10년 같은 세월입니다.

엄청나게 오래 많은 일을 한 것처럼 느껴집니다.

그래도 전역일은 언제나 까마득합니다.

6개월이든, 1년이든, 영영 오지 않을 것 같습니다.

그래도 기다리는 것 말고는 도리가 없습니다.

불출 씨의 하루는 1년 같습니다.

지난 1년은 10년 같은 세월입니다.

그래도 죽을 날은 까마득하게 보입니다.

최악의 불행은 기다리는 게 없다는 것입니다.

짧은 면회, 긴 기다림

젊은 시절 감옥에 갇혔던 불출 씨.

운동과 면회가 있어 하루 징역을 깰 수 있었습니다.

운동장에서는 다른 재소자와 잠깐 눈빛을 교환합니다.

가족이 면회 오면 10여 분의 시간이 주어집니다.

미결수에게는 매일 한 차례의 면회가 허용됩니다.

그나마 면회를 올 가족이 없는 재소자도 많습니다.

중환자실 중에서도 집중치료실.

불출 씨가 보름 동안 입원해 있던 장소입니다.

이곳에서는 면회가 가족들로 제한됩니다.

한 차례 10분씩, 하루 두 차례뿐입니다.

침대 위에 누운 채 하루를 보내는 환자들입니다.

걸을 수만 있어도 면회를 기다리지는 않을 것입니다.

일상에 바쁜 가족들이 올 수 없는 날도 많습니다.

군에 있는 아들을 면회하러 간 불출 씨.

아들은 불출 씨에게 할 말이 많은 듯싶습니다.

내무반의 자질구레한 이야기까지 전합니다.

군대 생활 경험이 없는 불출 씨는 지루할 뿐입니다.

아들은 치킨도 먹고 피자도 먹습니다.

하루 종일 먹고 이야기하다가 복귀합니다.

한번 면회하면 몇 달을 버틸 힘이 생기나 봅니다.

기억의 오차

회장님을 가까이서 모시는 불출 씨.

모든 일정에 배석해서 기록을 담당합니다.

어느 날 회의는 끝났지만 결론이 애매합니다.

그럴 때면 참석자들을 직접 찾아갑니다.

진행 경과와 결과를 다시 확인하려는 것입니다.

그런데 참석자를 만날수록 더욱 헷갈립니다.

사람마다 기억하는 내용이 엇갈립니다.

모두들 저마다의 관점으로 회의를 재구성합니다.

갈피를 잡지 못한 불출 씨의 머리가 더 복잡해집니다.

길에서 우연히 초등학교 동창을 만난 불출 씨.

그 시절의 추억을 함께 이야기합니다.

그러던 중 둘의 기억에 오차가 있음을 발견합니다.

불출 씨에게는 어제 일처럼 또렷한 장면입니다.

그래도 친구는 한사코 "아니!"라며 고개를 흔듭니다.

30여 년 동안 각자의 머리에서 굳어진 기억입니다.

고치고 싶어도 고칠 수 없는 기억입니다.

옛날의 골목과 오늘의 계단

수십 년 전 중학생 불출 씨가 수업을 마치고 집에 옵니다.

그의 집은 막다른 골목의 끝입니다.

골목 어귀에서 그의 집까지는 10여 가구가 있습니다.

그 길을 걸으며 그는 사람들의 세상을 만납니다.

아줌마들은 삼삼오오 모여 이야기합니다.

열린 대문으로 강아지들이 오고 갑니다.

아이들은 구슬치기나 고무줄놀이에 빠져 있습니다.

이웃집 저녁 메뉴의 특별한 냄새가 코끝을 자극합니다.

웃고 울고 싸우면서 그렇게 어우러지는 공간입니다.

직장 일을 마치고 집으로 돌아오는 불출 씨.

그의 집은 10층 아파트의 꼭대기입니다.

오늘은 정전 때문에 엘리베이터가 멈춰 있습니다.

그의 집까지 가려면 20여 가구의 대문을 지납니다.

계단을 걷는 동안, 그는 오롯이 혼자입니다.

현관문은 닫혀 있고, 우유 투입구는 용접되어 있습니다.

바깥의 기척 탓인지 대문마다 긴장이 서려 있습니다.

발자국 소리에 놀란 강아지들만이 사납게 짖어댑니다.

그 시절의 냄새도 없고 그 시절의 대화도 없습니다.

사람을 마주치게 될까봐 오히려 두렵습니다.

웃음도 눈물도 싸움도 없는, 혼자만의 공간입니다.

시간을 거슬러

계절이 가을 한가운데로 접어듭니다.

불출 씨의 텃밭에 쓸쓸함이 깃듭니다.

1년생 작물들은 이미 수명을 다했습니다.

땅 위의 많은 것들이 조락의 길을 걷습니다.

그곳에 느닷없고 난데없는 녀석들이 있습니다.

봄에 심어놓은 옥수수 모종들입니다.

녀석들은 제철을 만났다는 분위기입니다.

철모르고 자신의 키를 쑥쑥 키우고 있는 것입니다.

대견함과 안타까움이 교차하는 순간입니다.

함께 산에 오른 불출 씨와 그의 아버지.

아버지가 먼 곳을 보며 이야기합니다.

"날마다 이렇게 산에 오르고 있단다."

불출 씨가 미소를 지으며 화답합니다.

"네, 그러시면 건강도 좋아지겠죠."

아버지가 굳은 표정으로 대답합니다.

"아니, 이제 더는 좋아지지 않아.

지금 이 상태를 지키려고 하는 것이지."

불출 씨가 묵묵히 고개를 끄덕입니다.

"계속 오르면 더 높은 산도 오를 줄 알았다.

이제는 이 산에 오르는 것도 힘들어지는구나."

"그 누구도 시간을 거슬러 살 수는 없단다."

만년필과 LP판

초등학교를 졸업하고 중학교에 들어갈 즈음입니다.

아버지는 불출 씨에게 만년필을 선물했습니다.

몇 달 동안 만년필이 불출 씨의 필기구가 되었습니다.

고등학교에 들어갈 때에도,

대학교에 들어갈 때에도,

회사에 처음 취직했을 때에도,

사람들은 그에게 만년필을 선물했습니다.

최근에도 감사의 인사로 만년필을 받곤 합니다.

그 많은 만년필들은 책장 속에 잘 간직되어 있습니다.

쓰고 싶어도 쓸 일이 없습니다.

'만년萬年'이라는 이름이 무색합니다.

어린 시절부터 LP판을 즐겨듣던 불출 씨.

하나둘씩 사서 모은 것이 제법 많습니다.

벽장 한 면을 가득 채울 정도입니다.

이사할 때마다 가족들은 그만 버리자고 합니다.

고집스럽게도 그는 단 한 장도 버리지 않습니다.

음악을 저장하는 장치는 지금도 진화하고 있습니다.

카세트 테이프에서 CD로, 다시 휴대폰이나 USB로,

음질이나 편의성에서나 LP판은 경쟁력이 없습니다.

LP, 즉 'Long Playing'도 이제는 옛말입니다.

데자뷰

불출 씨가 오랜 친구들과 술자리를 가집니다.

소주와 맥주를 섞은 폭탄주가 몇 순배 오고 갑니다.

조금씩 취해가는 불출 씨.

다른 친구들은 사소한 문제로 말싸움이 붙습니다.

그런데 이 장면, 언젠가 한번 틀림없이 겪었던 일입니다.

아무리 생각해도 언제였는지 기억이 나지 않습니다.

그러나 정말 이런 장면이 과거에도 있었을까요?

그럴 리는 없습니다.

이 장면은 분명 오늘이 처음입니다.

그렇다면 꿈이었을까요?

꿈을 꾸었다면 왜 이 장면만 익숙한 걸까요?

뇌세포 속의 기억이 꿈으로 구현된 건 아닐까요?

어쩌면 꿈이 아닐 수도 있습니다.

머릿속의 기억이 같은 장면에서 되살아났을 수도 있습니다.

어쩌면 미래가 우리 뇌세포 속에 저장되어 있을지 모릅니다.

그렇게 우리는 영겁의 세월을 살고 있는지도 모릅니다.

우리의 일생은 그렇게 수천 번 되풀이되는 건 아닐까요?

방하착放下著

어느 날 갑자기 세상을 떠나는 사람들이 있습니다.
자신의 의지가 아니라 불의의 사고에 의한 것입니다.
사랑하는 사람들과의 시간도 갖지 못한 채 떠나는 사람.
신변을 정리할 여유조차 없이 떠나는 사람들.
그런 이야기를 들을 때면 불출 씨의 안타까움도 커집니다.

불출 씨가 스스로에게 묻습니다.
'내게 그런 일이 닥친다면 과연 담담할 수 있을까?'
운명을 쿨하게 받아들일 자신이 도저히 없습니다.
그런 생각의 끝에서 도달하는 결론은 언제나 같습니다.
어느 날 갑자기 찾아올지도 모를 그 순간.
그때를 위해서 하루하루의 '내려놓기'를 실천하는 것입니다.

마감증후군

출간을 위해 집필에 몰두하는 불출 씨.

마감이 임박하자 마음이 급박합니다.

일주일간 밤을 하얗게 지새웁니다.

가까스로 마감일을 맞출 수 있었습니다.

물론 이번이 처음은 아닙니다.

그는 언제나 마감을 앞두고 피치를 올렸습니다.

스스로 '마감증후군'으로 규정한 습관입니다.

마감을 앞두고 기자는 기사 작성에 집중합니다.

시험이 있어서 학생은 공부를 더욱 열심히 합니다.

납기를 맞추려고 공장은 밤샘을 합니다.

마감은 세상을 돌아가게 하는 지렛대입니다.

인생도 미리 정해진 마감일이 있다면 어떨까요?

살아 있는 날들이 한 달 남짓이라면 어떨까요?

과연 차분하게 한 그루의 사과나무를 심을까요?

극단적 쾌락이나 범죄에 몸을 던지지 않을까요?

다행히도 불출 씨는 자기 인생의 마감일을 모릅니다.

그래서 오늘도 편안한 마음으로 밤잠을 청합니다.

한계효용과 수확체감

《경제학원론》에 '한계효용 체감의 법칙'이 있습니다.
빵 하나를 더 먹을 때 만족도가 감소한다는 것입니다.
한계효용이 '0'이 될 때까지 총효용은 증가하게 됩니다.
대부분의 재화에 적용되는 법칙입니다.

불출 씨가 인생이라는 긴 시간을 놓고 생각합니다.
세월이 갈수록 살아갈 날은 줄어듭니다.
그래서 하루하루 효용의 크기는 더욱 증가합니다.
아무래도 인생은 예외인 듯싶습니다.

《경제학원론》에는 '수확체감의 법칙'도 있습니다.
동일한 양의 자본과 노동을 계속 투입합니다.
그러나 수확량은 점차 감소한다는 법칙입니다.
사람의 인생도 예외가 아닌 듯싶습니다.

더 큰 효용을 가지고 새로운 하루가 다가옵니다.

그러나 나이가 들수록 생산량은 점차 줄어듭니다.

불출 씨는 그것을 '신神의 심술'이라 부릅니다.

반전을 꿈꾸다

영화 〈식스센스〉는 마지막 반전으로 유명합니다.
반전은 재미와 감동을 더하는 장치입니다.
때로는 누구나 쉽게 예측하는 반전도 있습니다.
반전이 충분히 예견되면 재미와 감동이 반감됩니다.
인생의 반전을 꿈꾸는 사람들이 많습니다.
삶이 힘들고 고단할수록 더욱 그렇습니다.
반전을 꿈꾸며 광활한 사막의 끝을 넘습니다.
눈앞에 펼쳐지는 오아시스는 반전의 끝판왕입니다.

불출 씨도 인생의 반전을 꿈꾸며 삽니다.
살아 있는 동안 극적인 반전은 없을 수도 있습니다.
그러나 결코 낙담하거나 실망하지 않을 것입니다.
그 후의 더 큰 반전을 기대하기 때문입니다.
삶을 마감하는 바로 그 순간의 반전.
불출 씨는 또 다른 세계의 시작을 기대합니다.

비교되지

않는　　　　삶,

비교하지

않는　　　　삶

강아지의 언어, 사람의 소통

퇴근해서 집에 온 불출 씨를 강아지가 반깁니다.

"왈왈! 왈왈!"

잠시 후에는 밥을 달라고 보챕니다.

"멍멍! 멍멍!"

바깥에 인기척이 있는지 반응을 합니다.

"왈왈! 왈왈!"

밥을 먹고 나서는 산책을 가자고 조릅니다.

"멍멍! 멍멍!"

산책길에서 다른 강아지를 만나자 말을 건넵니다.

"왈왈! 왈왈!"

다른 강아지가 조금은 불편한 표정으로 대답합니다.

"컹컹! 컹컹!"

과장님이 불출 씨의 보고서를 검토하며 말합니다.

"난 자네의 생각을 도대체 알 수 없네."

불출 씨가 한참을 자세히 설명합니다.

그래도 과장은 이해할 수 없다며 고개를 갸웃합니다.

불출 씨가 손짓 발짓을 섞어서 다시 설명합니다.

"자네와 나는 코드가 다른가 보네.

아무리 설명을 들어도 납득이 안 돼."

과장님과의 불통. 날이 갈수록 점점 더 심각해집니다.

수많은 단어를 사용하지만 사람의 소통은 쉽지 않습니다.

금상첨화와 설상가상

지난밤 과음 탓에 늦잠을 잔 불출 씨.

지각만은 피하기 위해 아침 식사를 서두릅니다.

밤새 온 휴대폰 메시지를 확인하는 순간입니다.

떨어뜨린 숟가락이 옷에 김치 국물을 튀깁니다.

흰 셔츠라 그냥 입고 나갈 수도 없습니다.

부랴부랴 갈아입고 나니 용변이 급합니다.

결국 평소보다 20여 분 늦게 집을 나섭니다.

늦은 만큼 지하철 전동차 안은 더 북적입니다.

야속하게 정차하는 역마다 승객들이 밀려듭니다.

가장 안쪽까지 밀려들어간 불출 씨.

힘도 써보지 못한 채 하차 역을 놓칩니다.

허둥지둥 회사에 도착했지만 이미 지각입니다.

이날따라 사장님 지시로 긴급간부회의가 열리고 있습니다.

"자네는 매일 이렇게 늦는가?"

사장님이 불편한 표정으로 묻습니다.

불출 씨를 변호하는 사람은 뜻밖에 없습니다.

"오늘까지 이 기획안 완성해놓게."

야근까지 해도 완성이 불가능한 과제입니다.

힘겨운 아침이 고단한 하루를 예고하고 있습니다.

불행은 언제나 깡패처럼 몰려다닙니다.

설상가상입니다.

지난밤 야근 탓에 깊은 잠에 빠진 불출 씨.

알람 소리에 화들짝 놀라 눈을 번쩍 뜹니다.

아내가 아침 식사로 샌드위치를 준비했습니다.

평소보다 10여 분 일찍 집을 나섭니다.

1층 현관을 나서는 순간입니다.

위층 아저씨의 차가 그를 보고 멈춰 섭니다.

"가는 길인데 역까지 모시겠습니다."

이른 시간이라 전동차 안에 빈자리가 많습니다.

태블릿을 꺼내 들고 이것저것 검색을 해봅니다.

순간 기가 막힌 마케팅 구상이 머리를 스칩니다.

회사 현관 앞에서 출근하는 사장님과 마주칩니다.

"원래 이렇게 일찍 다니는군요."

함께 탄 엘리베이터에서 불출 씨가 구상을 보고합니다.

사장님이 흡족한 표정을 지으며 점심을 사겠다고 합니다.

점심 식사가 끝날 무렵, 사장님이 특별보너스를 약속합니다.

행복이 구름 떼처럼 몰려다닙니다.

금상첨화가 따로 없습니다.

촛불 같은 사람

회사의 월례조회가 강당에서 열렸습니다.

회장이 한창 진지하게 훈시를 합니다.

갑작스레 정전이 되며 사방이 캄캄해졌습니다.

회장이 톤을 높여 말합니다.

"세상에 어떻게 이런 일이 다 있습니까? 김 사장!"

김 사장이 말합니다.

"도대체 어떻게 된 겁니까? 오 전무!"

오 전무도 말합니다.

"이게 무슨 일이지요? 황 부장!"

이번에는 황 부장이 묻습니다.

"정 차장 어디 갔습니까? 똑바로 못합니까?"

정 차장이 소리를 칩니다.

"불출 과장! 불출 과장! 도대체 어딜 간 거야?"

그때 멀리서 불출 과장의 작은 목소리가 들려옵니다.

"저 여기서 퓨즈 갈아 끼우고 있습니다."

잘해야 본전, 못하면 지옥

불출 씨가 회사의 홍보실장을 맡게 되었습니다.

중책이라 어깨가 무거웠습니다.

그날부터 발표되는 모든 문건을 꼼꼼하게 점검했습니다.

사실이 틀린 것은 없는지 확인하고 확인했습니다.

불출 씨의 수고 덕분에 큰 사고는 없었습니다.

몇 차례 사고로 이어질 만한 일이 있긴 했습니다.

그러나 불출 씨가 문제점을 찾아내 미연에 방지했습니다.

그때마다 사장님이 칭찬을 해주었습니다.

그러나 그것이 전부였습니다.

화禍를 막았을 뿐, 공功을 세운 건 아니기 때문입니다.

말하자면 '잘해야 본전'인 경우였습니다.

그러던 불출 씨가 큰 실수를 하고 말았습니다.

방심한 사이에 잘못된 문건이 발표되었습니다.

홍보실은 물론 회사 전체에 큰 손실을 안겼습니다.

회사의 이미지가 급격히 추락되었습니다.

그러자 모든 비난이 불출 씨에게 쏟아졌습니다.

아무런 변명도 하지 못한 채 고개를 숙여야 했습니다.

'못하면 지옥'인 경우였습니다.

다이어트

저밀도 콜레스테롤LDL이 위험 수치인 불출 씨.
다이어트에 도전해 목표한 감량에 성공했습니다.
문제는 지금부터입니다.
체중을 유지하려면 식욕부터 자제해야 합니다.
잠깐 방심하면 3킬로그램은 우습게 불어납니다.

열심히 운동하는 수밖에 없습니다.
주말이면 마음먹고 산을 올라야 합니다.
최소한 두어 시간은 산책길을 걷는 게 좋습니다.
그것도 주말 특근을 하게 되면 꽝입니다.
게다가 주중에는 연거푸 회식이 있기도 합니다.
일주일 사이에도 뱃살이 무섭게 팽창합니다.

직장 생활은 건강의 적입니다.

고기와 술을 먹지 않고는 버티기 어렵습니다.

애써 다이어트를 해도 금세 살이 찝니다.

적당한 운동도 시간 여유가 있어야 가능합니다.

직장이 없는 사람이 오히려 건강한 사람입니다.

1년에 한 달, 뱃살빼기 휴가가 있었으면 좋겠습니다.

착한 사람, 나쁜 사람

《반쪼가리 자작》이라는 소설이 있습니다.

이탈로 칼비노의 작품입니다.

줄거리는 대강 이렇다고 합니다.

귀족 청년이 전쟁에 참가했다가 몸이 반쪽이 납니다.

선한 반쪽과 악한 반쪽으로 쪼개진 것입니다.

각각의 반쪽은 선과 악의 화신이 되어 귀향합니다.

그리고 거기서부터 벌어지는 일들이 묘사됩니다.

오늘 불출 씨는 상사로부터 심하게 야단을 맞습니다.

기분이 무척 상합니다.

화도 머리끝까지 치밉니다.

할 수만 있다면 상사에게 복수하고 싶습니다.

악한 반쪽이 선한 반쪽을 압도합니다.

하지만 퇴근 후에는 가족들과 함께 외식을 합니다.

기분이 좋아지고 모든 것이 용서됩니다.

선한 반쪽이 악한 반쪽을 압도하는 순간입니다.

하루에도 몇 번씩 선과 악의 경계를 넘나드는 불출 씨.

그것이 그의 인생입니다.

장강長江의 물

불출 씨의 입사 동기가 파격 승진했습니다.

출세 가도를 승승장구하는 친구입니다.

회사의 선배가 불출 씨에게 말합니다.

"그 녀석은 내가 다 키운 셈이지."

자신이 보살펴준 덕분에 그리 되었다는 뜻입니다.

불출 씨가 고개를 갸웃하며 말합니다.

"능력이 있으니까 키워주신 것 아닐까요?

선배님의 눈에 들었던 것도 능력 아닐까요?"

그로부터 얼마 후 선배가 다시 이야기합니다.

"그 녀석, 진짜 많이 컸더라."

말투에 조금 다른 느낌이 담겨 있습니다.

반감도 있고 섭섭함도 있습니다.

"그 녀석이 나를 이렇게 대하면 안 되지."

'괘씸하다'는 감정도 여과 없이 드러냅니다.

불출 씨가 속으로 혼잣말을 합니다.

'정말로 그 친구가 많이 컸다고 생각하시나요?

그렇다면 이제 선배님이 비켜서줄 때가 아닐까요?'

자리가 사람을 바꾼다?

불출 씨가 10년 만에 회사에서 승진했습니다.
막상 승진을 하니 안 보이던 것이 보입니다.
우선 만나는 사람의 폭도 달라집니다.
듣는 정보의 질과 양도 훨씬 달라집니다.
그에 따라 지식 수준도 한 차원 높아집니다.
결국 사물을 판단하는 능력도 향상됩니다.
자리가 사람을 만든다는 이야기가 실감납니다.

자리는 사람을 크게 흔들어놓기도 합니다.
사람들은 대체로 자리에 약합니다.
그래서 감투를 거절하는 경우가 거의 없습니다.
오히려 기대 이상의 높은 자리로 가려고 합니다.
때로는 자신의 철학과 명분도 쉽게 포기합니다.
이런 행동은 보통 사람들의 눈에 다르게 비칩니다.
'능력'이 아니라 '욕심'으로 보입니다.

지식정보화시대의 오해

불출 씨가 책임자인 마케팅 2팀은 일이 많습니다.

화장실 다녀올 틈도 없이 하루가 갑니다.

사무실 전화벨이 요란하게 울립니다.

팀원들은 하나같이 모니터만 바라보고 있습니다.

모두들 넋이 나간 표정입니다.

불출 씨가 왕짜증을 섞어 말합니다.

"야동이라도 보는 거야? 김 대리, 전화 좀 받지?"

"아, 네. 지금 기획사와 메신저 대화 중입니다."

고개를 끄덕이는 불출 씨.

다른 팀원들에게로 시선을 돌립니다.

모두들 기다렸다는 듯 자신의 상황을 설명합니다.

"네, 저는 지금 고객과 화상 대화 중입니다."

"인트라넷을 통해 사장님 긴급 지시를 받고 있습니다."

"TV 광고 기획안에 오케이 사인 넣고 있습니다."

불출 씨가 머리를 긁적이는 순간, 김 대리가 말합니다.

"그럴 여유가 있으시면 팀장님이 전화 좀 받아주세요."

회사가 M&A 되면서 갑작스레 실업자가 된 불출 씨.

가족의 생계는 여전히 그의 어깨에 달려 있습니다.

재충전할 겨를도 없이 구직 활동에 바쁩니다.

절친에게 전화가 왔습니다.

"요즘 한가하지? 오늘 저녁에 소주 한잔할까?"

"안 돼! 오늘 일이 있다."

"허허, 백수가 뭐 그리 할 일이 많아?

만날 집에만 처박혀 있다고 소문났던데…."

불출 씨는 친구의 반응이 마뜩지 않습니다.

은근히 부아가 치밀어 오릅니다.

혼잣말을 중얼거리며 화를 참는 수밖에 없습니다.

'밤잠을 이기며 구직 사이트만 뒤진 게 벌써 한 달인데….'

성질 급한 한국 사람

'성질 급한 한국 사람'
수년 전 이동통신사의 광고카피였습니다.
우리나라 사람의 성격을 광고에 활용한 것입니다.
불출 씨도 성질 급한 한국 사람입니다.
과제나 숙제가 생기면 마음부터 급해집니다.
빨리 일을 마무리해야 편안해집니다.

'열심히 일한 당신, 떠나라!'
역시 오래전에 유행한 신용카드사 광고입니다.
이 카피는 불출 씨의 로망이기도 합니다.
화끈하게 일한 후에 화끈하게 노는 것입니다.

그러나 불출 씨의 현실은 로망과 거리가 멉니다.
일을 할 때면 '성질 급한 한국 사람'이 됩니다.
부지런히 과제를 해결하는 것입니다.

일을 마치면 화끈하게 놀 생각입니다.

그런데 일 하나를 마치면 또 다른 일이 생깁니다.

'성질 급한 한국 사람' 불출 씨.

결국 휴식 한번 못한 채 밤낮없이 일만 합니다.

'밤낮없이'의 결말

불출 씨는 밤낮없이 일했습니다.

야근은 다반사고, 주말에도 쉬지 않았습니다.

억지로가 아니고 자발적으로 한 일이었습니다.

상사가 보기에 더없이 훌륭한 직원이었습니다.

그렇게 10년, 불출 씨는 초고속 승진을 했습니다.

마침내 회사의 핵심 중역이 되었습니다.

불출 씨는 밤낮없이 집에 없었습니다.

날마다 회식 아니면 야근이었습니다.

주말에도 가족들은 불출 씨를 볼 수 없었습니다.

다른 가족들이 함께 산책하는 모습을 보면 부러웠습니다.

같이 외식한 기억도 까마득했습니다.

그렇게 10년, 불출 씨는 집안의 이방인이 되었습니다.

마침내 존재감이 없어졌습니다.

"내가 너만 할 때에는…"

어린 시절의 불출 씨.

부모님으로부터 지겹도록 들은 말이 있습니다.

"내가 너만 할 때에는…."

이 잔소리만 나오면 불출 씨는 귀를 닫아버렸습니다.

그러고는 속으로 다짐했습니다.

'내 아이들에게는 절대 저런 소리 하지 않을 거야.'

신입사원 시절의 불출 씨.

걸핏하면 과장님에게 불려가 야단을 맞았습니다.

야단은 언제나 같은 표현으로 시작되었습니다.

"나 같으면 밤을 새서라도…."

그 소리를 들을 때면 가슴이 답답했습니다.

그러고는 속으로 다짐했습니다.

'나는 간부가 되면 절대로 신입사원을 닦달하지 않을 거야.'

가급적 잔소리를 입 밖에 내지 않는 불출 씨.

말 한 번 참을 때마다 스트레스가 겹겹이 쌓입니다.

잠든 시간에도…

아침 새벽 다섯 시 반에 집을 나선 불출 씨.

오늘은 급한 일이 있습니다.

을씨년스러운 날씨에 채 가시지 않은 어둠이 낯섭니다.

그래도 남들보다 앞서 하루를 시작한다는 쾌감이 있습니다.

버스 정류장에도 도착해보니 의외로 사람들이 많습니다.

'오늘이 무슨 날인가?'

의문을 뒤로 한 채 버스를 타고 지하철역으로 향합니다.

가장 먼저 전동차에 몸을 실은 불출 씨.

객실 안은 이미 절반가량의 좌석이 사람들로 채워졌습니다.

불출 씨가 다시 한 번 놀랍니다.

의외로 많은 사람이 이른 새벽에 움직이고 있습니다.

불출 씨만 모르고 있던 사실입니다.

회사 업무가 바빠 집에서도 밤늦도록 일하는 불출 씨.

문득 시계를 쳐다보니 밤 열두 시가 넘었습니다.

가족들은 모두 잠들어 조용합니다.

아무래도 밤늦은 시간이 일하기에는 좋습니다.

잠시 신선한 공기를 마시고 싶어집니다.

베란다에 나선 불출 씨가 맞은편 아파트를 봅니다.

적지 않은 집들이 불을 환하게 밝혀놓고 있습니다.

밤에도 쉽게 잠들지 않는 사람들이 많습니다.

불출 씨만 모르고 있는 사실입니다.

"나 아니면 안 된다"

직장을 옮길 때마다 불출 씨는 걱정합니다.

자리를 바꿀 때에도 항상 한마디를 합니다.

"이제 내가 없으면, 이 일은 누가 하나?"

"여기 일이 제대로 돌아가기나 할까?"

"아마, 며칠 못 가서 나를 다시 찾을 거야."

번번이 같은 생각과 걱정을 합니다.

그러나 그곳에서 불출 씨를 다시 찾은 적은 없습니다.

단 한 번도 예외가 없습니다.

오히려 일이 더 잘 돌아간다는 느낌을 받기도 합니다.

불출 씨는 이제 '나 아니면 안 된다'는 생각을 버립니다.

오히려 '나 없으면 더 잘될 것이니 걱정 없이 떠나자'입니다.

그게 스스로를 더 위하는 길임을 깨닫고 있습니다.

비교되지 않는 삶, 비교하지 않는 삶

사회에 첫발을 내딛던 청년 시절의 불출 씨.

스스로에게 다짐하며 세운 목표가 있었습니다.

'평범하게 살지 말자. 남다르게 살자.'

세월이 흘러도 그 다짐은 변함이 없었습니다.

오히려 더욱 확고한 목표가 되었습니다.

비교되지 않는 삶, 그래서 남들이 부러워하는 삶.

그렇게 명예로운 삶을 위해 뛰었습니다.

이를 악물고 살았습니다.

노력의 결과, 목표는 어느 정도 달성되었습니다.

세월이 흘러 인생의 큰 절정기를 넘긴 불출 씨.

빠르게 변화하는 세상에 쉽게 적응하지 못합니다.

그러는 사이 그동안 뒤처져 있던 동료들이 부상합니다.

무섭게 큰 후배들도 자신의 위치를 위협합니다.

자칫하면 자신의 존재감이 사라질 상황입니다.

그들과 비교할 때마다 보잘것없는 자신을 발견합니다.

전성기로 돌아가려고 안간힘을 쓰지만 헛수고입니다.

그러던 어느 날입니다.

더 이상의 안간힘이 무의미하다고 판단한 불출 씨.

이제 타인과 자신을 비교하지 않기로 결심했습니다.

그날부터 마음이 평안해졌습니다.

미움도, 원망도, 마음속의 불편함도 깨끗이 사라졌습니다.

로또와 교통사고

불출 씨의 생활이 팍팍합니다.

일상의 생계를 꾸리는 일이 고단합니다.

누군가 큰돈을 벌었다는 소식이 들려옵니다.

그저 부러울 따름입니다.

주식 투자로 자산을 늘렸다는 친구도 있습니다.

자랑을 듣고 있으면 의기소침해집니다.

어떻게 하면 많은 돈을 벌 수 있을까?

궁리에 궁리를 거듭합니다.

로또 복권도 사보고, 주식 투자도 해봅니다.

예상한 대로 결과는 신통치 않습니다.

'나는 돈 버는 재주와 운이 없나 봐!'

더욱 우울한 기분을 주체할 수 없습니다.

우울한 불출 씨에게 친구가 묻습니다.

"큰돈을 벌어서 뭐 하려고 하나?"

불출 씨가 대답합니다.

"직장 때려치우고 편하게 살고 싶은 거지!"

"허허허."

친구가 헛웃음을 웃습니다.

"로또 당첨 확률보다 교통사고 확률이 훨씬 높다네."

알고 있는 이야기지만 자신을 되돌아보게 됩니다.

행운은 결국 극히 일부 사람들의 이야기일 뿐입니다.

"다시는 복권이나 주식 투자는 하지 말아야지."

불출 씨는 일확천금의 꿈을 포기합니다.

그래도 일말의 아쉬움을 버릴 수 없습니다.

집으로 돌아가는 길.

주인 잃은 돈 가방이 어디 떨어져 있지 않을까?

불출 씨가 두리번거리며 터벅터벅 걷습니다.

편안함을 위한 고통

항상 KTX 일반석을 이용해온 불출 씨.

별다른 불편함을 느낀 적이 없었습니다.

어느 날 지방 출장을 다녀올 때의 일입니다.

마침 동행한 상사가 특실 좌석을 끊어주었습니다.

특실에 앉아보니 일반석과 많이 달랐습니다.

의자도 큼지막했고, 사람이 적어 쾌적했습니다.

1인용 좌석에서는 두 배의 편안함을 느꼈습니다.

특실의 여유와 분위기를 알게 된 불출 씨.

이제는 일반석이 불편해졌습니다.

비좁기도 했고, 답답하기도 했습니다.

그래서 여유가 있으면 특실 좌석을 이용했습니다.

경제적 형편을 따진다면 다소 무리였습니다.

불출 씨는 스스로를 설득했습니다.

"더 열심히, 더 많이 일하면 되는 거야."

불출 씨도 편안함과 쾌적함을 추구합니다.

그렇게 살기 위해서 더 많은 돈을 벌려고 합니다.

더 힘든 노동과 스트레스도 기꺼이 감내합니다.

잘나가는 비결

불출 씨의 단골 설렁탕집은 유명한 맛집입니다.
단연 장안의 화제입니다.
점심시간도 되기 전에 빨리 가야 합니다.
어느 날 불출 씨가 주인에게 비결을 묻습니다.
"저는 하루도 빼놓지 않고 설렁탕 연구를 합니다.
매일 새로운 설렁탕을 만들고 있는 셈입니다."

불출 씨가 우연히 지역의 국회의원을 만납니다.
시민 단체가 선정한 최우수 의원입니다.
최우수 의원이 된 비결을 불출 씨가 묻습니다.
"사람들을 만날 때마다 계속 메모를 했습니다.
책과 자료를 읽을 때에도 반드시 메모했습니다.
자다가도 생각이 나면 자리에서 일어나 적었습니다."
잠시 멈추고 생각하더니 국회의원이 말을 잇습니다.
"저의 생각을 매일매일 업그레이드했습니다."

사업가의 과장법

사업에 도전하기로 마음먹은 불출 씨.

대출을 알아보기 위해 은행원 친구를 만납니다.

친구의 이야기를 들으니 용기백배가 됩니다.

"요즘 하나같이 사업이 잘되나 봐."

"은행에 오는 사업가들 거의가 흑자라고 하네."

"1년 안에 대출금 절반을 갚는다고 장담하더군."

불출 씨가 창업 속도에 박차를 가합니다.

창업에 따른 각종 세제 혜택이 궁금했던 불출 씨.

이번에는 세무공무원 친구를 찾아가 상담합니다.

친구의 이야기를 들으니 의욕이 한풀 꺾입니다.

"요즘 완전히 불경기야. 사업할 때가 아닌 것 같아."

"하나같이 큰 적자라고 울상들이더군."

"형편이 안 된다며 세금을 유예해달라고 아우성이야."

불출 씨는 창업을 포기하고 말았습니다.

General Specialist

불출 씨의 대학 친구는 유능했습니다.

스스로도 능력이 많다고 자부했습니다.

특히 다양한 분야에 걸쳐 지식이 많았습니다.

많은 사람이 그의 능력을 인정했습니다.

어느 날 다른 회사가 영입을 제안했습니다.

그가 일해오던 분야는 아니었습니다.

하지만 더 많은 보수를 지급한다는 제안이었습니다.

그는 망설임 없이 회사를 옮겼습니다.

그 후로도 몇 차례 친구의 이직 소식이 있었습니다.

그러다가 결국 실업자가 되었다는 소식도 들렸습니다.

특별한 전문성이 없어 해고되었다는 전언이었습니다.

불출 씨가 오랜만에 고등학교 동창회에 나갑니다.

수십 년 만에 만나는 얼굴들이 적지 않습니다.

졸업 후에는 인연이 닿을 일이 별로 없었습니다.

학교 때 성적이 우수했던 친구들도 왔습니다.

각자의 분야에서 고만고만하게 살고 있습니다.

오히려 상위권이 아니던 친구들이 눈에 띕니다.

대부분 자신의 분야에서 두각을 나타내고 있습니다.

영어 공부에만 올인하던 친구는 유명 영어 강사.

방과 후 그림만 그리던 친구는 세계적인 화가.

공부와 인연이 없던 친구는 농산물 대기업의 오너.

한 우물을 판 친구들이 결국 성공을 거두었습니다.

처음처럼

불출 씨가 국회의원 보좌관이던 시절.

국정감사를 앞두고 사무실이 분주할 때입니다.

피감기관의 연로한 국장이 의원실을 찾아왔습니다.

국장은 출입문 바로 안쪽에서 깍듯이 인사했습니다.

멀리 안쪽에 앉은 불출 씨를 향한 인사였습니다.

90도로 허리를 굽힌 인사 앞에서 난처해진 불출 씨.

얼른 앞으로 달려 나가 부탁했습니다.

"다음부터는 제발 그러지 마세요. 민망합니다."

하지만 실랑이는 그 후로도 몇 차례 되풀이됐습니다.

다시 1년여의 시간이 흘렀습니다.

국정감사를 앞두고 분주할 때였습니다.

피감기관의 연로한 국장이 찾아왔습니다.

출입문을 열고 들어온 국장은 예전과 달랐습니다.

불출 씨의 책상 앞까지 성큼성큼 걸어왔습니다.

그러고 나서는 가볍게 인사를 건네왔습니다.

순간 뜬금없는 불편함이 불출 씨를 덮쳤습니다.

마음속에서는 혼잣말이 반복되고 있었습니다.

'어, 이분이 이젠 잘나가시나 보네.'

자신만큼은 한결같다고 생각했습니다.

하지만 세상이 부지불식간에 불출 씨를 바꿔놓고 있었습니다.

모순 1

운동이 부족하다고 판단한 불출 씨.

가급적 많이 걷기로 목표를 세웠습니다.

집 근처 공원을 산책하면 90분이 걸립니다.

인근 야산의 둘레길은 두 시간, 즉 120분 코스입니다.

취지에 맞게 둘레길을 선택하여 걷기 시작했습니다.

그러던 언제부터인가 둘레길에 지름길이 생겼습니다.

어느덧 불출 씨도 그 길을 애용하게 되었습니다.

한 바퀴 도는 시간이 90분으로 단축되었습니다.

일 잘하기로 소문난 국회의원을 만났습니다.

국회의원이 불출 씨에게 말합니다.

"경제가 어려워 전반적인 구조조정이 필요합니다."

불출 씨가 화답하며 고개를 끄덕입니다.

"맞습니다. 모두들 고통을 분담해야 합니다."

국회의원이 주변의 안부를 묻습니다.

"동생 분은 회사 잘 다니지요?"

불출 씨가 고개를 절레절레 흔듭니다.

"이번에 구조조정 대상이 되었습니다."

그러고 나서 곧바로 국회의원에게 청을 합니다.

"의원님께서 힘을 써주셨으면 좋겠습니다."

모순 2

불출 씨의 승용차가 횡단보도 앞에서 멈춰 섭니다.
녹색등이 깜빡이며 보행 신호의 끝을 알립니다.
순간 어르신 한 분이 천천히 횡단보도에 진입합니다.
느린 걸음으로 언제 길을 다 건널지 답답합니다.
불출 씨가 마음속으로 투덜거립니다.
'언제 건너려고 저러시지? 나야말로 급한데…'

거래처와 약속한 미팅 시간에 늦은 불출 씨.
서둘러 주차한 뒤 급한 마음에 뛰기 시작합니다.
녹색등이 깜빡이고 있지만 일단 횡단보도로 뛰어듭니다.
막 출발하려던 차들이 일제히 경적을 울려댑니다.
불출 씨가 마음속으로 투덜댑니다.
'횡단보도는 보행자가 우선이야. 입장 바꿔 생각해봐.'

불출 씨와 회사 동료들이 해물탕 집에서 회식합니다.

벽에 걸린 TV에서 〈동물의 왕국〉이 방영되고 있습니다.

사자들이 떼를 지어 어린 물소를 사냥합니다.

아직 숨이 붙어 있는 녀석을 물어뜯기 시작합니다.

불출 씨가 혀를 끌끌 찹니다.

"아이쿠, 쯧쯧쯧. 불쌍해라."

TV를 보던 중 기다리던 해물탕이 나옵니다.

준비해온 냄비가 가스 불 위에 놓입니다.

투명한 뚜껑 속에서 온몸을 비트는 낙지가 보입니다.

불출 씨가 감탄사를 연발합니다.

"야, 그 낙지 한번 정말 싱싱하네!"

예측대로 되지 않는 세상

어떤 작가는 혼신의 노력을 다해 책을 씁니다.

많은 수고에도 불구하고 책은 팔리지 않습니다.

어떤 작가는 그냥 출간에 만족하며 책을 씁니다.

뜻밖에도 대박이 납니다.

어떤 후배는 장래가 기대됩니다.

그런데 만날 그 모양입니다.

어떤 후배는 장래가 걱정됩니다.

그런데 운이 좋아 출세하고 성공합니다.

불출 씨의 예측도 다르지 않습니다.

예측대로 되는 경우보다 되지 않는 경우가 훨씬 많습니다.

그런 불출 씨가 스스로에게 위로를 건넵니다.

"예측대로 되면 세상을 무슨 재미로 살아?"

사람을 사랑하는 사람

키 작은 불출 씨.

자신보다 키 큰 사람을 보면 말합니다.

"키가 크니까 당신 정말 늘씬하고 멋있어."

못생긴 불출 씨.

자신보다 잘생긴 사람을 보면 말합니다.

"당신 정말 잘생겼어. 보면 기분이 좋아."

말이 어눌한 불출 씨.

달변인 동료 사원을 만날 때마다 말합니다.

"당신 말은 언제 들어도 귀에 쏙쏙 들어와."

어느 날 회사에서 일등 사원을 뽑는 행사가 열립니다.

일등 사원은 큰 상여금을 받게 됩니다.

심사위원은 사원들의 추천으로 결정됩니다.

모두가 불출 씨를 심사위원으로 추천합니다.

거의 만장일치에 가깝습니다.

사원들이 그에게 다가와 한마디씩 말합니다.

"당신, 정말 대단한 사람이야."

"당신이 진짜 최고의 사원이야."

지금 중요한 것

불출 씨가 사업하는 친구를 오랜만에 만납니다.

사업이 번창한 탓인지 친구의 휴대폰이 무척 바쁩니다.

걸려오는 전화를 받느라 친구는 넋이 없습니다.

대화는 자꾸 중단되고 맥락이 없어집니다.

불출 씨는 이제 밥 먹는 일에만 열중합니다.

통화가 끝난 듯싶더니 친구는 문자에 집중합니다.

약속을 마치고 집으로 돌아오는 길, 마음이 헛헛합니다.

대화를 아무리 복기해보아도 기억나는 내용이 없습니다.

그 친구가 사업에 실패했다는 소식을 접한 불출 씨.

회사 일로 한창 바쁜 때였지만 식사 약속을 잡습니다.

작은 위로라도 건네야겠다는 생각입니다.

식사를 하는 도중 불출 씨의 휴대폰이 자꾸 진동합니다.

전화를 받은 불출 씨가 조용히 대답합니다.

"지금 중요한 약속 중입니다."

귀농사업설명회

인생 이모작을 준비하던 불출 씨.

인터넷 검색 중 우연히 귀농사업설명회 안내를 발견합니다.

'돈벌이가 좀 된다'고 소문난 표고버섯입니다.

하루 종일 딱딱한 의자에 앉아 설명을 듣습니다.

학교를 졸업한 후 처음입니다.

강사는 몇 번에 걸쳐 강조하고 또 강조합니다.

"이거 결코 쉬운 일 아닙니다!"

수강생들의 면면을 찬찬히 살펴봅니다.

참으로 각양각색입니다.

남녀노소가 골고루 참여하고 있습니다.

동기도 다양합니다.

거액을 들여 사업화하려는 사람도 있습니다.

농촌에서 현재 재배에 열중하는 사람도 있습니다.

부업 삼아 용돈을 벌려는 사람도 있습니다.

사람들은 다양하지만 표정만큼은 똑같습니다.

형형한 눈빛에 호기심이 가득합니다.

설명은 지루하지만 졸음에 무너지는 사람은 없습니다.

불안과 걱정이 불출 씨를 엄습합니다.

'이 사람들이 모두 표고버섯 재배에 뛰어들면 어쩌지?'

내가 살아남을 자리가 과연 있을까?

인생 2막이 1막보다 더 어렵습니다.

변두리의 변두리

전세 보증금이 올라 이사를 하게 된 불출 씨.

가진 돈이 부족해 변두리의 변두리로 옮겼습니다.

서울로 출근하는 데만 두 시간이 걸립니다.

불편하지만 감당해야 하는 현실입니다.

그래도 모든 것이 최악은 아닙니다.

서울 가는 버스의 종점이 바로 집 앞입니다.

버스를 타면 원하는 자리를 골라 앉습니다.

두세 정거장만 지나도 버스는 만원이 됩니다.

꾸벅꾸벅 졸아도 되고, 음악도 감상할 수 있습니다.

꼬박 서서 가는 사람들이 부러워하는 눈치입니다.

밤늦게 집에 가는 길에도 걱정 없이 잠에 빠집니다.

내릴 정류장을 지나치는 일이 결코 없습니다.

불출 씨 친구의 회사가 경영난에 처했습니다.

회사는 사옥을 매각하여 부채를 갚았습니다.

사무실도 변두리의 변두리로 옮겼습니다.

같이 만난 자리에서 친구가 한숨을 내쉽니다.

"어휴, 어떻게 다니지? 회사를 그만둘 수도 없고…."

한 달 후 다시 만난 자리에서 친구가 말합니다.

"옮겨 간 사무실, 최고야. 쾌적하고 끝내줘!"

의아한 표정의 불출 씨를 보며 친구가 설명합니다.

"아침에 맞은편은 정체인데, 이쪽은 뻥 뚫려 있어."

"퇴근길도 마찬가지야. 30분이면 집에 와!"

월급쟁이, 프리랜서, 사장

한겨울의 소한, 맹추위가 기승을 부리는 날입니다.

술이 덜 깨 발간 눈으로 불출 씨가 잠에서 깨어납니다.

두툼한 목도리는 기본이고, 겹겹이 중무장해야 합니다.

초만원 지하철에서는 맘 놓고 숨쉬기도 어렵습니다.

일주일 전에 만난 프리랜서가 문득 부러워집니다.

늦잠을 자고 싶으면 지겹도록 잘 것입니다.

아무 때나 편안하게 약속을 잡아도 됩니다.

무엇보다 심기를 살펴야 할 상사가 없습니다.

때로는 밤늦도록 창작에 몰두할 것입니다.

다음 날 해가 떨어질 때까지 푹 쉬기만 하면 됩니다.

그럴 능력이 없는 자신이 원망스럽기만 합니다.

프리랜서는 오늘 밤에도 글을 써야 합니다.

남들이 자는 시간이면 자신도 잠들고 싶습니다.

약속대로 원고를 넘기려면 어쩔 수 없습니다.

꼬박 3일째, 밤낮 없이 컴퓨터 앞에 앉아 있습니다.

이 생활도 그만 때려치웠으면 좋겠습니다.

무엇보다 앞날을 예측할 수 없습니다.

지금 쓰는 글이 생계에 도움이 된다는 보장도 없습니다.

불확실한 전망 앞에서는 치열하게 쓰기도 어렵습니다.

잘나가던 선배 프리랜서가 얼마 전 세상을 떴습니다.

일한 시간만큼 돈이 되어 돌아왔기 때문입니다.

잠도 휴식도 없이 주야장천 일한 비극의 결말입니다.

자신을 채용할 회사가 있었으면 좋겠습니다.

사장의 한 달은 짧습니다.

눈 몇 번 떴다 감으면 월급날입니다.

일주일 전부터는 마음이 불안하고 초조해집니다.

출근하면 한 시간 동안 신문만 뒤적이는 직원이 있습니다.

그런 친구는 월급을 깎아주고 싶습니다.

사장의 머릿속에는 낮에도 밤에도 회사뿐입니다.

직원들의 머릿속에는 휴가와 상여금뿐입니다.

회사가 어려워지면 사장의 책임입니다.

수주를 못하면 사장의 영업능력 탓입니다.

숙련된 직원들은 성의를 다해 모셔야 합니다.

조금은 불편하겠지만 월급쟁이로 살고 싶습니다.

비 내리는 풍경

아침 일찍 비가 내립니다.

우산장수 아저씨 얼굴에 화색이 돕니다.

후배 직원은 싫지 않은 표정입니다.

지저분한 차를 그동안 세차할 여유가 없었습니다.

어르신이 창문을 열고 큰 숨을 들이마십니다.

미세먼지 때문에 오랫동안 호흡이 불편했습니다.

사진작가는 아침부터 외출 준비로 분주합니다.

비 내리는 강화도 풍경을 꼭 찍고 싶었습니다.

이제 막 사랑을 시작한 연인이 마주보며 설렙니다.

오늘은 우산을 함께 쓰고 거리를 걸을 것입니다.

아침부터 비가 옵니다.

골프장 사장님이 인상을 크게 찌푸립니다.

후배 직원은 낭패한 표정입니다.

어제 모처럼 돈을 들여 손세차를 했기 때문입니다.

시청의 환경미화원은 우비를 챙기며 한숨을 쉽니다.
비 오는 날, 거리 청소는 두 배로 힘이 듭니다.
동해안 정동진에서 화가는 부랴부랴 화구를 집습니다.
일출을 캔버스에 담으려고 밤새워 기다렸습니다.
헤어짐을 목전에 둔 연인은 서로를 외면합니다.
내리는 빗줄기가 눈물샘을 자극할 듯싶습니다.

비 뿌리는 날 아침의 불출 씨.
창밖의 풍경과 커피 한잔이 어울립니다.
그러나 멀리 거래처에 다녀올 일이 큰 부담입니다.

기억력 떨어트리는 세상

불출 씨의 기억이 예전 같지 않습니다.
익히 알던 TV 탤런트 이름이 떠오르지 않습니다.
이름을 알아내려고 인터넷 포털 사이트를 엽니다.
눈길을 끄는 토픽이 있어 잠시 열중합니다.
이내 인터넷에 들어온 원래 이유를 잊어버립니다.
한 번 했던 이야기도 두 번 세 번 되풀이합니다.
이야기를 했던 기억 자체도 없습니다.

비교적 젊은 나이임에도 치매가 걱정인 불출 씨.
술이 원인인가 싶어 음주량을 줄입니다.
열심히 메모하면서 머리를 쓰고 손도 씁니다.
두뇌를 훈련시키는 게임도 합니다.
숨은 그림을 찾고 퍼즐도 맞춰봅니다.
아침저녁으로 부지런히 산책길을 걷습니다.

두뇌 건강을 위해 바꾸고 싶은 습관이 있습니다.

휴대폰 전화번호부에 의존하는 습관입니다.

온전하게 기억하는 번호는 서너 개뿐입니다.

내비게이션에 의존하는 운전도 바꾸고 싶습니다.

미리 지도를 보고 예행연습을 하는 것입니다.

하지만 바꾸기가 좀처럼 쉽지 않습니다.

IT기술은 기억을 찾아주고 보완해주기도 합니다.

하지만 그 편안함이 기억력을 퇴화시키고 있습니다.

정석으로부터의 탈출

바둑에 정석이 있습니다.

최선의 수순이 이어지는 과정입니다.

실수하지 않는다면 판세는 팽팽하게 전개됩니다.

고수들은 가끔 정석에서 이탈합니다.

국면의 변화를 유도하기 위한 것입니다.

성공할 수도 있지만 실패할 수도 있습니다.

불출 씨가 오스트리아 비엔나에 갑니다.

슈테판 성당에 오르고 모차르트 기념품을 삽니다.

파리에서는 루브르 박물관을 가고 센 강 유람선을 탑니다.

런던에서는 대영 박물관을 방문합니다.

베를린에서는 브란덴부르크 문 앞에서 기념촬영을 합니다.

여행사 유럽여행 상품의 기본입니다.

기본에서 벗어난 상품은 거의 없습니다.

기본은 무난無難합니다.

그러나 돋보이는 것은 아닙니다.

남다르고 싶다면 정석에 머물러서는 안 됩니다.

돌연변이가 진화의 단초를 만듭니다.

양질전환의 법칙

초가 쌓이면 분이 됩니다.
분이 쌓이면 시간이 됩니다.
시간이 쌓이면 하루가 됩니다.
하루가 쌓이면 세월이 됩니다.

점이 이어지면 선이 됩니다.
선이 이어지면 면이 됩니다.
면이 이어지면 입체가 됩니다.
입체가 이어지면 사차원이 됩니다.

언덕이 모여 산이 됩니다.
산은 모여서 다시 산맥이 됩니다.
물은 모여서 강이 됩니다.
강은 모여서 다시 바다가 됩니다.

장면이 계속되면 동영상이 됩니다.

나이가 거듭되면 연륜이 됩니다.

동물과 나무가 어우러지면 자연이 됩니다.

사람들이 모이면 대중이 됩니다.

차곡차곡 쌓이면 세상 만물은 그 성격이 바뀝니다.

그러나 유독 바뀌지 않는 것이 하나 있습니다.

1원도 돈이고 1백억 원도 돈입니다.

그래서 무서운 것이 돈인가 봅니다.

돈은 언제나 불출 씨 앞에서 변함이 없습니다.

불출 씨도 돈 앞에서 변함이 없는 사람이고 싶습니다.

세상의 모든 이자

이자는 현재의 기쁨을 포기하는 대가입니다.
그것을 미래에 받는 것입니다.
모든 일에는 이자가 붙기 마련입니다.

오늘 1만 원의 기쁨을 포기합니다.
그러면 10년 후 1백만 원의 기쁨을 가질 수도 있습니다.
오늘 몇 개비의 담배를 포기합니다.
10년 후 수십 일의 수명을 더 누릴 수도 있습니다.
오늘 해야 할 일들을 포기합니다.
10년 후 산더미처럼 늘어난 일에 파묻힐 수도 있습니다.

오늘 풀어야 할 스트레스는 그날로 풀어야 합니다.
10년 후에는 스트레스가 엄청나게 커질 수 있습니다.
그 스트레스가 몸과 마음에 병을 가져다줄지도 모릅니다.

중력의 힘

가파른 산길을 오르는 불출 씨.

한 걸음을 떼어서 올려놓기가 무척 힘듭니다.

강력한 힘이 발목을 잡아당깁니다.

체중계에 오를 때에도 느끼는 힘입니다.

사람들은 중력에서 벗어나려고 애를 씁니다.

어떤 이는 비행기를 타고 날아서 오릅니다.

우주선을 타고 대기권을 벗어나기도 합니다.

그러나 결국 중력의 영향권으로 돌아옵니다.

그래도 불출 씨는 중력의 힘이 더없이 고맙습니다.

자신의 두 발을 땅 위에 붙들어 매어주기 때문입니다.

불출 씨는 오늘도 다양한 꿈을 꿉니다.

엄청나게 많은 돈을 버는 꿈.

자유롭게 세계 여행을 다니는 꿈.

세상에 이름을 날려 명예를 얻는 꿈.

상상의 공간에는 중력의 힘이 미치지 않습니다.

다시 꿈에서 깨어나 현실로 돌아옵니다.

여전히 삶은 고단하고 팍팍합니다.

불출 씨는 오늘도 그 삶을 위해 일합니다.

작게 보려는 노력

어린 시절 살았던 동네를 오랜만에 찾은 불출 씨.

이제 와서 보니 집도 길도 모두 작게 느껴집니다.

지나간 세월의 일들을 돌아볼 때가 많습니다.

당시에는 엄청나게 힘겨웠던 고통이었습니다.

도저히 참을 수 없던 분노이기도 했습니다.

그러나 이제는 모두 다 고만고만하게 느껴집니다.

화창한 날, 뒷산에 오른 불출 씨.

사는 동네가 지도처럼 선명하게 시야에 잡힙니다.

어떤 길이 어느 방향으로 이어지는지 알 수 있습니다.

직접 걸을 때는 작은 각도로 구부러진 길입니다.

산에 올라보면 엄청난 차이임을 확인하게 됩니다.

당연히 최단거리의 길도 눈에 들어옵니다.

가끔은 높은 곳에서 자신을 살펴볼 필요가 있습니다.

현실은 언제나 크게 보이기 마련입니다.

그럴수록 스스로를 작게 보려는 노력이 필요합니다.

자신을 작고 보잘것없는 존재로 만들어야 합니다.

그래야 성공으로 가는 최선의 길이 보입니다.

채우지 않는 30퍼센트

물이 가득 담긴 컵을 들고 걷는 불출 씨.
금방이라도 물이 흘러넘칠 것 같습니다.
이번에는 물이 반쯤 담긴 컵을 들고 걷습니다.
움직임이 훨씬 편합니다.

불출 씨가 자신의 인생을 돌아봅니다.
'너무 많은 것을 담고 살려고 하는 건 아닐까?'
'가진 것을 모두 지키려고만 한 건 아닐까?'
'그러다 보니 몸만 무거워진 게 아닐까?'

'물은 흘러넘치지 않을 정도로만 채우자.'
'그래서 가볍게 몸을 움직이자.'
'70퍼센트를 채우고 나머지 30퍼센트는 비워두자.'
'무엇을 하든 70퍼센트 달성을 목표로 삼자.'
새로운 다짐이 불출 씨의 마음을 편하게 합니다.

재능과 근면

어떤 사람은 재능이 많습니다.

어떤 사람은 재능이랄 게 하나도 없습니다.

신은 공평하지 않습니다.

모든 사람들에게 골고루 재능을 나눠주지 않았습니다.

근면한 사람은 낮밤을 가리지 않고 일합니다.

게으른 사람은 밤낮없이 놀기만 합니다.

신은 공평하지 않습니다.

모든 사람들에게 근면함을 나눠주지 않았습니다.

재능도 있는데 근면하면 금상첨화입니다.

재능도 없는데 게으르면 설상가상입니다.

재능 있고 게으른 사람들로 구성된 팀이 있습니다.

재능 없고 근면한 사람들로 구성된 팀도 있습니다.

두 팀이 경쟁하면 어느 쪽이 승리할까요?

재능은 세상을 헤쳐 나갈 수 있는 강력한 무기입니다.

근면함도 세상으로부터 사랑받을 수 있는 무기입니다.

그래도 둘 중의 하나를 선택하라면 어떻게 할까요?

불출 씨는 주저 없이 재능을 선택할 것입니다.

만화경萬華鏡

〈칼레이도스코프Kaleidoscope, 만화경〉.

레이 브래드버리의 1952년 작품입니다.

우주선이 폭파되면서 승무원들은 우주 미아가 됩니다.

어느 행성의 인력에 이끌려 추락해 죽을 운명입니다.

승무원들 간 통신이 계속되며 대화가 이어집니다.

주인공이 화성, 금성, 목성에 있는 아내들을 떠올립니다.

이제 모든 게 끝이라고 외칩니다.

결국 무선통신이 두절되고 주인공은 지구로 추락합니다.

'대기권에 들어가면 유성처럼 불탈 것이다.'

'그때 누군가 나를 볼 것인가?'

일리노이 주 시골길을 걷던 남자아이가 소리칩니다.

"엄마, 저것 봐. 유성이야!"

그러자 엄마가 말합니다.

"우리 소원을 이야기하자꾸나."

치열한 경쟁사회.

누군가의 불운이 누군가에겐 행운의 시작일 수도 있습니다.

시선을

주고받는   순간,

관계는   시작됩니다

배려의 대상

반려견 두 마리를 집에서 키우는 불출 씨.

매일 30분 정도씩 반려견과 노는 시간을 갖습니다.

녀석들은 항상 불출 씨의 뒤를 따라다닙니다.

사람을 귀찮아하는 기색이 전혀 없습니다.

가끔은 기분이 울적해지는 불출 씨.

그럴 때면 반려견들이 다가와 재롱을 부립니다.

불출 씨의 얼굴에도 웃음꽃이 피어납니다.

몸이 축 처져 아무것도 하기 싫을 때가 있습니다.

그럴 때도 반려견들은 그에게 밥을 달라고 조릅니다.

결국 몸을 일으켜 움직일 수밖에 없습니다.

그러는 사이에 우울함이 멀찌감치 달아납니다.

겉모습만 보면 불출 씨가 반려견을 돌보고 있습니다.

그러나 이면을 보면 정반대입니다.

오히려 강아지들이 불출 씨의 건강을 지키고 있습니다.

익숙해진다는 것

불출 씨의 산책길.

매일 천변을 걷다 보면 하나둘 익숙한 풍경이 생깁니다.

비탈에 핀 꽃, 무섭게 번지는 칡넝쿨.

개천 한가운데 자리를 잡은 색색의 오리들.

사람이 멈춰 서면 쏜살같이 날아오는 비둘기들.

멀리 인기척을 느끼면 달아나기 바쁜 길고양이들.

날이 갈수록 그 풍광에 익숙해집니다.

불출 씨와 생명들도 서로에게 익숙해집니다.

오리들은 불출 씨를 봐도 태연합니다.

고양이들도 마찬가지입니다.

어린 고양이가 불출 씨에게 다가옵니다.

몸을 비비는가 싶더니 발라당 눕습니다.

날이 갈수록, 산책길에 확인할 일이 많아집니다.

살아 있는 생명들과 눈을 맞춘 후의 일입니다.

매일의 무사함이 걱정됩니다.

가끔 오리 한 마리가 보이지 않을 때가 있습니다.

그런 날엔 개천의 위쪽까지 수차례 왕복을 합니다.

고양이는 눈에 띄지 않는 날이 더 많습니다.

네발 달린 동물이 매일 그 자리에 있기를 바랍니다.

그야말로 욕심입니다.

시선을 주고받는 순간, 관계는 시작됩니다.

길들여진다는 것, 혹은 익숙해진다는 것.

그만큼의 기쁨과 그만큼의 슬픔이 뒤따라옵니다.

대평원에서

소설을 통해 중앙아시아의 대평원을 접한 불출 씨.

문득 그곳에 가고 싶어졌습니다.

거기에 서면 작은 욕심을 버릴 듯싶었습니다.

호연지기도 배워 올 것 같았습니다.

꿈을 키우던 중 우연히 기회가 생겼습니다.

마침내 대평원과 마주하게 된 것입니다.

기대했던 풍광이 눈앞에 펼쳐졌습니다.

지평선은 거칠 것이 없었습니다.

벌판은 달리고 달려도 끝을 알 수 없었습니다.

감동은 크고 진했습니다.

차는 평원을 가로질러 달렸습니다.

하염없이 지평선을 응시하는 불출 씨.

그렇게 5분이 지나고 10분이 지났습니다.

좌우사방을 둘러봐도 항상 똑같은 모습.

30분을 달려도 변함없는 풍광이었습니다.

오로지 허허벌판뿐, 눈에 띄는 것은 없었습니다.

한 시간 후 지루한 느낌이 스멀스멀 올라왔습니다.

이렇게 다섯 시간을 가야 목적지라고 합니다.

탁 트였던 마음이 다시 답답해지고 있었습니다.

사라진 호연지기는 그림자조차 남기지 않았습니다.

처음의 감동이 정확히 반 토막이 되고 말았습니다.

모기와의 전쟁

아파트 생활에 염증을 느낀 불출 씨.

한적한 교외의 일반 주택으로 집을 옮깁니다.

뒤편에 작은 야산이 있는 집입니다.

한여름, 앞마당에 나가면 검은 모기들이 공격합니다.

물린 곳이 금세 두드러기처럼 부어오릅니다.

그래서 불출 씨는 단단히 무장하고 나섭니다.

긴 바지에 긴 소매 차림입니다.

양말과 운동화, 모자까지 챙겨 입습니다.

등산을 나설 때보다 더한 중무장입니다.

그래도 모기들은 쉽게 물러서지 않습니다.

노출된 맨살을 찾아 집요하게 공격합니다.

얼굴과 목처럼 노출된 곳에 집중합니다.

바지와 양말 사이의 빈틈도 노립니다.

그뿐만이 아닙니다.

마당에서 집 안으로 들어올 때가 문제입니다.

모기들이 그 틈을 이용해 집 안으로 침투합니다.

불출 씨가 혀를 내두를 정도입니다.

그런 모기를 보며 불출 씨가 자신을 되돌아봅니다.

"모기만한 존재도 저토록 집요한 치열함이 있구나."

짖는 강아지보다 소리치는 사람

불출 씨는 집에서 강아지를 기릅니다.

집이 아파트다 보니 무척 신경이 쓰입니다.

강아지가 짖기라도 하면 얼른 야단을 칩니다.

문밖에 인기척이 있으면 다시 짖기 시작합니다.

고민 끝에 목에 부착하는 전자충격기를 샀습니다.

하지만 너무 가혹한 것 같아 차마 사용하지 못합니다.

오늘도 강아지는 시시때때로 짖어댑니다.

그럴 때마다 야단치는 소리도 커져갑니다.

강아지는 계속 짖고 불출 씨의 짜증이 폭발합니다.

마침내 큰소리가 집 안에 울려 퍼집니다.

이번에는 참다못한 아내가 한마디를 합니다.

"개 짖는 소리보다 당신 소리가 더 커요!"

높은 곳에서

고양시 강매동 봉대산에 오른 불출 씨.
한강 너머 개화산, 다시 저 멀리 계양산을 봅니다.
가까운 곳으로 시선을 돌려봅니다.
행주산성 아래 강변을 자유로가 달립니다.
차들은 금방이라도 앞차를 들이받을 기세입니다.
불출 씨가 혼잣말을 합니다.
"왜 저렇게 꼬리를 물 듯 무섭게 달리는 것일까?"

123편의 항공기가 관악산을 넘어 김포공항에 접근합니다.
불출 씨가 작은 창을 통해 도심의 풍광을 봅니다.
꽉 막힌 도로를 우윳빛 연무가 덮고 있습니다.
무리를 지은 사람들이 바쁘게 거리를 오갑니다.
불출 씨가 혼잣말을 합니다.
"왜 저렇게 숨이 막히도록 모여 사는 것일까?"

주말농장에 간 불출 씨.

잡초를 뽑던 중, 개미 떼의 이동을 목격합니다.

꼬리에 꼬리를 물고 이어지는 행렬입니다.

눈에 보이는 길이가 5미터를 족히 넘습니다.

불출 씨가 혼잣말을 합니다.

"모두들 그렇게 살고 있구나."

사람으로 태어나…

휴일을 맞아 심학산으로 향하는 불출 씨.

산으로 가는 도중 습기로 축축한 길을 걷습니다.

그 길을 가로지르는 작은 달팽이 무리가 있습니다.

사람이 한번 지날 때마다 두세 마리가 발길에 밟힙니다.

무사히 길을 건너는 달팽이가 없을 듯싶습니다.

호박꽃들이 만개한 밭을 지납니다.

열심히 꿀을 채취하고 있는 일벌 한 마리.

갑자기 나타난 큰 잠자리에게 붙잡히고 맙니다.

산을 오르는 중, 개구리 울음소리가 들립니다.

웬일인지 사람이 다가가도 울음을 그치지 않습니다.

자세히 보니 뱀에게 물려 있는 상태입니다.

인기척을 느낀 고라니와 산토끼가 혼비백산 달아납니다.

산에서 내려와 집으로 오는 길을 걷습니다.

차에 부딪친 길고양이의 시체가 길가에 나뒹굽니다.

하루를 마무리하고 잠자리에 드는 불출 씨.

사람으로 태어나 살고 있다는 사실이 고마울 따름입니다.

귓전에서는 모기가 앵앵하고 소리를 냅니다.

오늘만큼은 그냥 이대로 잠을 청하고 싶습니다.

반려견 산책과 파스텔 허수아비

주말입니다.
불출 씨가 강아지들을 데리고 산책길에 나섭니다.
일주일에 두 차례.
때로는 무척 귀찮은 일로 느껴집니다.
몸이 피곤할 때면 더더욱 그렇습니다.
바깥에 나오면 강아지들은 기뻐서 어쩔 줄 모릅니다.
그 기쁨을 생각하면 도저히 거를 수 없는 일상입니다.

산책길에는 또 다른 반려견들을 만납니다.
어쩌면 그 주인들에게도 산책은 귀찮은 일일 것입니다.
그저 책임과 의무를 다하려는 노력일 수도 있습니다.
이유는 아무래도 상관없습니다.
강아지들과 천천히 걷는 장면은 최고로 평화롭습니다.
의무감이 아니라 기꺼움으로 대할 일상입니다.

가을입니다.

불출 씨가 한적한 교외를 차로 달립니다.

벼가 누렇게 익은 가을 벌판을 지납니다.

특이한 행색의 허수아비들이 눈에 들어옵니다.

각설이를 연상시키는 전통 의상이 아닙니다.

파스텔 톤 차림이 형형색색으로 빛납니다.

코디네이션도 저마다 독특합니다.

일렬로 늘어선 참새를 쫓기도 합니다.

여기저기 흩어져 논을 살펴보기도 합니다.

불출 씨의 얼굴에 미소가 번집니다.

얼마나 제 역할에 충실한지는 알 수 없습니다.

그래도 칙칙하고 상투적인 허수아비보다 백번 낫습니다.

발을 다친 오리

오늘도 불출 씨는 아침 식사 후 산책을 합니다.
벌써 5년째 다니는 익숙한 천변 산책길입니다.
이곳에 많은 생명들이 살고 있습니다.
잉어와 붕어, 두꺼비, 뱀, 쥐 등이 서식합니다.
누가 풀어놓았는지 거위와 오리도 있습니다.
작은 개천 양쪽으로는 비탈이 펼쳐집니다.
비탈면은 많은 길고양이들의 놀이터입니다.

물 위에서 노니는 오리들의 풍광도 좋습니다.
하지만 녀석들도 사는 일이 만만치 않습니다.
가끔은 목줄 풀린 개의 습격이 있습니다.
혼비백산 물속으로 날아 들어가야 합니다.
작은 개에게라도 물리면 깃털이 뽑혀 나갑니다.
때로는 철없는 아이들이 돌을 던지기도 합니다.

아홉 마리 오리 가운데 특별한 녀석이 있습니다.

어릴 때부터 발을 다쳐 절룩이는 오리입니다.

오리들이 떼를 지어 이동할 때면 뒤처집니다.

그래도 포기하지 않고 끝까지 따라갑니다.

암컷이다 보니 수컷들의 괴롭힘도 많이 받습니다.

알을 품을 때면 며칠씩 풀 속에 몸을 감추기도 합니다.

녀석의 무사함을 보는 것이 불출 씨의 낙입니다.

한때 몸과 마음의 병으로 고생했던 불출 씨.

그 후로는 생명들의 모습이 새롭게 다가옵니다.

특히 어딘가를 다친 녀석들이 신경 쓰입니다.

아파서 뒤처져 있는 자신을 보는 느낌입니다.

그래서 더욱 절룩이는 오리의 무사함을 응원합니다.

녀석이 언제나 꿋꿋하게 살아 있기를 간절히 바랍니다.

텃밭의 기적

불출 씨의 집 앞 텃밭.

주렁주렁 달린 고추들이 붉게 물들었습니다.

다산의 상징이라는 별명이 걸맞습니다.

초록 잎들 사이라 붉은색이 더욱 선명합니다.

마치 보색 대비처럼 보입니다.

불출 씨가 감탄합니다.

'초록색 잎에서 붉은색 고추가 나오다니…'

도라지도 하얀색과 보라색의 꽃을 피워냈습니다.

여름엔 금방이라도 시들어버릴 것 같았습니다.

끈질긴 생명이 예쁜 꽃을 피운 것입니다.

옥수수 열매는 빈틈없이 꽉 들어찼습니다.

수백 가닥의 수염들이 수정에 성공했습니다.

호박 넝쿨은 벽에 붙은 홈통 속을 올랐습니다.

그러고는 결국 처마 끝에 닿았습니다.

긴 어둠의 터널을 외롭게 오른 것입니다.
밝은 빛을 만나겠다는 일념 때문입니다.

생명은 치열한 경쟁력입니다.
하나하나가 감동이고 기적입니다.

반려견의 죽음

불출 씨에게 귀여운 벗이 생겼습니다.

작은 몰티즈 암컷입니다.

3년 후, 수컷 몰티즈도 입양했습니다.

그리고 다시 12년을 같이 살았습니다.

녀석들은 불출 씨의 곁을 떠나지 않았습니다.

잠을 잘 때면 불출 씨의 발밑을 지켰습니다.

주말 산책길에서는 둘도 없는 동반자였습니다.

세월이 흐르면서 녀석들도 병이 들었습니다.

기력이 약해지고 시력이 떨어졌습니다.

젊어서는 불출 씨에게 더없는 기쁨이었습니다.

나이가 들수록 세심한 보살핌이 필요했습니다.

건강을 유지하려면 더 많은 비용을 들여야 했습니다.

그리고 어느 해 봄.

녀석들은 한 달 간격으로 세상을 떠났습니다.

불출 씨가 녀석들과 같이 보낸 열다섯 해.

한마디로 생로병사의 과정입니다.

이제 불출 씨는 녀석들의 밥을 챙기지 않아도 됩니다.

산책을 시켜주지 않아도 됩니다.

목욕도 귀 청소도 모두 필요 없는 일입니다.

느닷없이 짖는 소리에 깜짝 놀랄 일도 없습니다.

그런데 귀찮았던 그 일들이 새삼 그립습니다.

세상의 모든 기쁨에는 대가가 있나 봅니다.

대가로 지불하는 모든 수고.

그것도 결국 삶을 지탱하는 또 다른 기쁨인가 봅니다.

거기서 거기

태권도, 유도, 합기도, 격투기, 주짓수….
분명히 다른 호신술입니다.
잘 모르는 불출 씨 입장에선 '거기서 거기'입니다.
보슬비, 이슬비, 가랑비, 안개비….
조금씩 다르다는 것은 알겠습니다.
그래도 좀 더 크게 보면 '거기서 거기'입니다.

가끔 외국 영화를 관람하는 불출 씨.
등장인물의 이름과 얼굴을 매치하기 어렵습니다.
영화가 중반 무렵이 되어야 비로소 파악이 됩니다.
외국 소설을 읽을 때도 마찬가지입니다.
등장인물의 이름이 대부분 '거기서 거기'입니다.

세상에는 비슷비슷해 보이는 게 참 많습니다.

보통 사람은 제대로 공부하기가 쉽지 않습니다.

하지만 그런대로 살아갈 수는 있습니다.

문제는 사람입니다.

특별히 잘난 것 없이 고만고만한 사람들이 모여 삽니다.

그런데 꼭 자신만이 잘났다며 우기는 사람이 있습니다.

살던 곳에서 그냥 살면 될 것을

멧돼지가 도심에 출현하는 일이 많아졌습니다.
최근 인근 아파트 단지에도 멧돼지가 나타났습니다.
녀석은 서너 시간 동안 단지 안을 돌아다녔습니다.
결국 출동한 경찰이 주민 안전을 위해 사살했습니다.
죽은 멧돼지를 보며 사람들이 혀를 찼습니다.
"쯧쯧쯧, 자기가 살던 곳에서 그냥 살면 될 것을….'
"그러게 말일세. 왜 여기 와서 이 꼴이 되는 거야?"

불출 씨의 친구가 사업에 실패하자 귀촌했습니다.
산속에 집을 짓고 밭을 일구며 살았습니다.
아침이면 새소리를 듣고 잠에서 깨어났습니다.
한밤중엔 야생 동물들의 울음소리가 무섭기도 했습니다.
새벽녘에는 동물들의 이야기가 꿈결처럼 들려왔습니다.
"쯧쯧쯧, 자기 살던 곳에 그냥 살면 될 것을….'
"그러게 말일세. 왜 여기 와서 이 꼴이 되는 거야?"

물의 노래

시골 할아버지 집에서 휴가를 즐기는 불출 씨 가족.
장작으로 불을 지피고 밥을 안칩니다.
불이 활활 타오르자 밥솥 뚜껑이 들썩거립니다.
가만히 뚜껑을 여니 하얀 수증기가 솟구칩니다.
불출 씨가 혼잣말을 합니다.
'역시 불이 물을 압도하는군.'

밥을 짓고 국과 찌개도 끓였습니다.
이제 역할을 다한 불을 꺼야 합니다.
그런데 마땅한 방법이 없습니다.
마침 다른 냄비에 물이 한가득 있습니다.
물을 붓자 장작불이 흰 연기를 내며 꺼집니다.
불출 씨가 다시 혼잣말을 합니다.
'결국에는 그래도 물이 이기는군.'

시냇가 큰 바위에게 냇물이 묻습니다.

"너는 좋겠다. 힘들게 움직이지 않아도 되잖아."

바위가 고개를 가로젓습니다.

"움직이고 싶은데 그러지 못하는 건 불행이야."

냇물이 고개를 끄덕이자 바위가 말합니다.

"나는 수천 년 동안 같은 장면만 보고 있어.

너는 부지런히 움직이면 세상 모든 걸 다 보잖아."

화끈한 불보다 부드러운 물이 좋습니다.

단단한 바위보다 부지런한 물이 좋습니다.

숫자 없는 세상

아침은 6시에 시작되고 저녁은 18시에 시작됩니다.
봄은 3월에 시작되고 가을은 11월에 끝납니다.
60세가 넘으면 '노인' 소리를 듣습니다.
강의는 정확히 10시에 시작됩니다.
1분이라도 늦으면 들을 수가 없습니다.

사람이 만든 숫자가 세상과 시간을 엄격히 구분합니다.
적당히 애매한 중간은 없습니다.
숫자들이 세상을 각박하게 만듭니다.

불출 씨는 숫자 없는 세상을 꿈꿉니다.
환한 빛이 거실에 숨어들면 아침입니다.
땅거미가 지면 밤의 시작입니다.
개나리가 꽃망울을 맺으면 봄의 시작이고
마지막 잎이 떨어지면 가을의 끝입니다.

머리가 반백이 되면 노인 소리를 듣습니다.

해가 자작나무 꼭대기에 걸리면 강의가 시작됩니다.

자작나무 그림자가 드리우는 동안, 지각은 없습니다.

저장 장치의 명암

30년 동안 글쓰기가 생업인 불출 씨.

젊은 시절에는 원고지가 저장 장치였습니다.

빈칸을 하나하나 메워가는 기쁨이 있었습니다.

다만 교정은 필요 최소한으로 했습니다.

과도하면 원고지가 복잡한 추상화로 변했습니다.

편집자가 의견을 써놓을 공간도 필요했습니다.

그 후 글자를 하얗게 지워주는 수정액이 등장했습니다.

교정 방식에 일대 혁명이 일어났습니다.

원고지는 하얀 칠로 지저분해졌습니다.

이제 불출 씨는 컴퓨터로 글을 씁니다.

워드 프로세서 프로그램은 글쓰기의 혁명입니다.

무제한 수정이 가능하고 다양한 버전이 가능합니다.

순식간에 처음이 끝이 되고 끝이 처음이 됩니다.

프로그램이 오자와 탈자까지 지적해줍니다.

고뇌의 상징인 구겨진 원고지는 이제 없습니다.

수북이 쌓인 참고 자료도 검색이 대신합니다.

결과물들은 가지런히 작은 USB에 보관됩니다.

얼마 전 집을 옮긴 불출 씨.

이사 도중 작은 USB를 분실했습니다.

소중히 챙긴다고 했는데, 도저히 찾을 수가 없습니다.

중요한 원고와 참고 자료들이 사라졌습니다.

차라리 원고지처럼 큼지막한 부피였다면….

며칠 동안 샅샅이 찾았지만 허사였습니다.

글쓰기를 시작한 이래 가장 큰 허망함이었습니다.

쓸데없는 걱정

불출 씨가 거장 히치콕의 영화를 관람했습니다.

색다른 재미를 느낄 수 있었습니다.

옛날 영화에도 나름대로 재미가 있습니다.

문득 한 가지 의문이 생깁니다.

그동안 세상에서 제작된 영화 편수가 엄청날 것입니다.

전문가들은 그 많은 것을 어떻게 다 보는 것일까요?

불출 씨는 한때 바둑에 심취했습니다.

바둑판에서 돌을 놓을 수 있는 지점은 361개.

열아홉 곱하기 열아홉입니다.

바둑은 아주 오래전부터 시작된 놀이입니다.

돌이 놓이는 순서에 따라 다른 대국이 됩니다.

그동안 수없이 많은 대국이 치러졌습니다.

또다시 불출 씨의 의문이 제기됩니다.

언젠가는 완전히 동일한 대국이 생기지 않을까요?

음악 분야에서도 불출 씨의 의문이 제기됩니다.

도레미파솔라시도, 일곱 개의 음계가 있습니다.

거기에 몇 개의 음자리표, 음표와 쉼표.

이것을 가지고 수많은 리듬과 선율이 만들어졌습니다.

과연 작곡가들은 언제까지 표절하지 않을 수 있을까요?

온전히 새로운 곡을 계속 만들어낼 수 있는 것일까요?

사람이 동물과 다른 점

불출 씨의 동네에 작은 개천이 있습니다.

개천은 한강 하구로 바로 연결됩니다.

지난여름 제법 비가 많이 온 다음 날.

팔뚝 크기만 한 붕어들이 개천에 한가득입니다.

물이 불어났을 때 거슬러 올라온 녀석들입니다.

물이 빠지자 그만 갇혀버리고 만 것입니다.

붕어의 존재를 확인한 사람들의 반응입니다.

"쯧쯧쯧, 다시 얼른 비가 많이 와야겠는데."

"그래야 녀석들이 다시 강으로 돌아갈 텐데."

그렇게 마음을 졸이는 사람도 있습니다.

구경을 하다가 슬그머니 사라지는 사람도 있습니다.

사람들이 사라진 후에 뜰채를 들고 나타납니다.

그 모습을 보며 누군가 말합니다.

"여기 붕어는 흙냄새 나서 못 먹어요."

사람도 분명 생태계의 일원입니다.

다만 생태계 동물들과 다른 점이 하나 있습니다.

배고프지 않아도 생명을 잡는다는 것입니다.

부지런함의 대명사

황금빛이 넘실대는 들녘, 가을이 아름답습니다.
벼는 고개를 푹 숙인 채 뜨거웠던 여름을 회상합니다.
추수를 앞두고 있지만, 논의 풍광은 예전과 다릅니다.
웃자란 피가 논의 절반을 뒤덮은 곳도 있습니다.
지난 태풍에 쓰러진 벼가 그대로 방치된 곳도 있습니다.
이제는 농사도 부지런함의 대명사가 아닌 걸까요?

고추, 콩, 참깨, 들깨가 무성한 밭으로 향합니다.
오와 열을 맞춰 늘어선 지주대가 있습니다.
꼼꼼하게 작물들을 붙들어 맨 솜씨가 돋보입니다.
온갖 잡초가 밭을 뒤덮은 곳도 있습니다.
무엇이 작물이고 무엇이 잡초인지 구분되지 않습니다.
깔끔하게 정리된 논밭이 아름답습니다.
부지런한 농부의 정성이 살아 있습니다.

자신을 꾸미는 데 열중하는 사람들이 있습니다.

그런 사람을 볼 때마다 불출 씨는 속으로 말합니다.

'겉모습은 화려하지만 내면은 가난한 사람이로군.'

가을 들녘을 보고 돌아온 불출 씨.

생각이 180도로 바뀌었습니다.

"잘 꾸미는 사람이 역시 부지런한 사람이로군."

땅콩에서 배우다

불출 씨가 주말농장 한 귀퉁이에 땅콩을 심었습니다.

"싹이 제대로 나기는 하는 걸까?"

불안감이라기보다는 불가능이라는 느낌이었습니다.

체념과 기대가 뒤섞인 일주일이 지날 무렵입니다.

땅콩을 심어놓은 땅이 지진을 만난 듯이 갈라졌습니다.

싹을 틔우려고 콩이 쪼개지면서 벌어진 일입니다.

불출 씨가 혀를 내둘렀습니다.

"조그만 게 제법이네."

땅콩은 잎이 무성해지더니 노란 꽃을 피웠습니다.

예쁘다기보다는 앙증맞은 꽃이었습니다.

얼마 후 꽃이 진 자리로부터 씨앗줄기가 자라났습니다.

끝이 뾰족하긴 했지만 왠지 약해 보였습니다.

"저 여린 것이 어떻게 땅을 뚫고 들어갈까?"

불출 씨의 쓸데없는 걱정이었습니다.

모든 씨앗줄기는 땅을 파고들어가 꼬투리를 만들었습니다.

불출 씨가 감탄했습니다.

"그것 참, 조그만 게 제법이로군."

달려야 차, 움직여야 인생

불출 씨의 이웃에 멋진 스포츠카가 있었습니다.

주인은 차를 무척이나 아꼈습니다.

집에 있는 날엔 차와 놀았습니다.

닦고 바라보고 쓰다듬으며 하루를 보냈습니다.

그렇게 차를 아꼈지만 타는 것은 아까워했습니다.

직접 차를 몰고 나가는 일이 거의 없었습니다.

번쩍번쩍한 모습으로 주차장에 365일 멈춰 선 차.

그것이 멋진 스포츠카의 운명이었습니다.

오늘도 이웃은 열심히 차를 닦고 있습니다.

그 모습을 보며 불출 씨가 속으로 말합니다.

'달려야 자동찹니다. 달리지 않는 건 차가 아니지요.'

부뚜막의 소금도 집어넣어야 짭니다.

전선이 연결되어야 배터리입니다.

소켓에 꽂아 불을 밝혀야 전구입니다.

부팅이 되어야 진정한 컴퓨터입니다.

옷을 걸쳐야 옷걸이는 제 역할을 합니다.

흐르는 시간을 보여줘야 진짜 시계입니다.

밤낮없이 모터가 돌아야 기계입니다.

움직여야 사람이고 땀 흘려야 인생입니다.

풀리지 않는 의문들

사람은 왜 하루에 세끼를 먹을까요?

언제부터 그렇게 된 것일까요?

하루에 세끼를 먹는 동물은 사람이 유일할까요?

네발 동물도 끊임없이 진화하고 있을까요?

그래서 사람 같은 지능을 가질 날이 올까요?

사람의 문명과 문화는 오로지 직립에서 비롯된 걸까요?

'사람답다'의 진정한 의미는 무엇일까요?

'약육강식'처럼 경쟁 본능에 충실한 걸까요?

배려와 양보로 약자를 보살피는 걸까요?

오늘도 불출 씨는 해답 없는 물음을 던집니다.

그 마지막은 여느 날과 다름없이 후렴 같은 물음입니다.

과연 신이 인간을 만든 걸까요?

아니면 인간이 신을 만든 걸까요?

자신이 파놓은 무덤

미국행 비행기에 탑승한 불출 씨.

옆 좌석 아저씨가 자꾸 말을 건네옵니다.

비행기 여행을 많이 해본 듯 은근히 자랑입니다.

"일등석에는 전용 모니터가 있는데 여긴 없군요.

기내식은 여기보다 B항공이 더 맛있어요.

이코노미석에서 어떻게 열 시간을 버티지요?"

이제 이륙 전 안내 방송이 끝납니다.

비행기가 서서히 활주로로 이동합니다.

그래도 아저씨의 자랑은 계속됩니다.

"탑승 실적이 많아서 마일리지로 티켓을 끊었지요.

이번이 열 번째 미국 여행이에요.

면세점은 한국도 괜찮은 편이지요."

비행기가 굉음과 속도를 내며 이륙합니다.

아저씨가 좌석의 팔걸이를 두 손으로 꽉 붙잡습니다.

무서운 듯 두 눈을 꼭 감은 채 고개를 숙입니다.

불출 씨가 터져 나오는 쓴웃음을 참습니다.

변하는 것과 변하지 않는 것

열쇠와 자물통이 사라지고 있습니다.

이제는 소품이나 액세서리로 만납니다.

자동차는 꽂는 키 대신 버튼으로 시동을 겁니다.

잉크로 인쇄한 뉴스는 급격히 쇠퇴하고 있습니다.

이미 휴대폰 지도 앱이 내비게이션을 대체합니다.

감열지를 쓰던 워드프로세서는 골동품입니다.

팩스도 곧 사무실에서 퇴출될 운명입니다.

5년 후에는 또 얼마나 많이 바뀌어 있을까요?

아무도 쉽게 예측할 수 없는 세상입니다.

바뀌는 중에도 바뀌지 않는 것이 있습니다.

바늘과 실은 오래전 모습 그대로입니다.

가위와 칼의 모양도 크게 바뀌지 않았습니다.

숟가락과 젓가락, 포크와 나이프도 그렇습니다.

밥그릇, 국그릇, 컵과 접시도 마찬가집니다.

대부분 의식주의 기본인 도구들입니다.

'기본'은 쉽게 바뀌지 않나 봅니다.

바뀌지 않기 때문에 '기본'인지 모릅니다.

심야특급

《심야특급》이라는 제목의 소설이 있습니다.

열두 살 주인공은 우연히 '심야특급'이라는 책을 읽습니다.

그러나 50쪽에 있는 그림을 보고는 읽기를 멈춥니다.

비극을 암시하는 것 같은 그림의 분위기가 무서웠습니다.

한밤중 간이역에서 기차를 기다리는 남자의 모습입니다.

그리고 38년 후.

주인공은 우연히 간이역에서 심야특급을 기다립니다.

그곳의 남자를 발견하면서 잊었던 기억이 되살아납니다.

주인공이 다가가서 남자의 얼굴을 확인합니다.

그 얼굴은 바로 자기 자신입니다.

깜짝 놀라 역을 뛰쳐나온 주인공은 작은 집에 숨습니다.

주인의 안내로 2층에 올라가니 책상 위에 책이 있습니다.

제목이 '심야특급',

어린 시절 50쪽까지 읽은 책입니다.

하는 수 없이 50쪽 이후의 내용을 읽기 시작하는 주인공.

내용은 열두 살의 주인공이 우연히 '심야특급'을 읽는 것
입니다.

우리가 알고 있는 한, 우주의 끝은 없습니다.
우리가 인식하는 한, 시간의 끝도 없습니다.
시작도 끝도 없는 시간과 공간.
우리 모두는 순환의 마법에 걸려 있는 게 아닐까요?

거북이 감옥

애완용 거북이 두 마리를 키우는 불출 씨.
친구를 만나 거북이 보살피는 일상을 이야기합니다.
"작은 상자 크기의 어항이 있으면 돼.
나는 그 안에 두 마리를 넣고 키우고 있지.
아침이면 잘 있는지 내 눈으로 꼭 확인하거든.
그러고 나서 먹이를 한 줌 쥐어주는 거야.
물은 일주일에 한 번만 갈아주고 있고…."

불행한 일로 감옥살이를 경험했던, 불출 씨의 친구.
그가 그곳의 일상을 불출 씨에게 이야기합니다.
"사람이 딱 누울 만큼 아주 작은 공간이야.
하루 종일 방 안의 사람 얼굴만 보고 사는 거지.
날이 밝으면 교도관이 방 앞으로 찾아온다네.
밤새 잘 있었는지 확인하고는 밥을 주는 거야.
목욕은 일주일에 한 번 하게 해주었고…."

보이지 않는 존재의 강력함

햇빛은 눈에 보이지 않습니다.
밝다는 느낌이 있기는 합니다.
하지만 색으로 묘사하기가 쉽지 않습니다.
형체는 더더욱 그릴 수 없습니다.
색도 형체도 없는 존재가 생명의 원천입니다.

공기가 움직이면 바람이 됩니다.
바람도 그 모습을 그려내기가 어렵습니다.
형체와 색이 없기 때문입니다.
그저 흔들리는 사물을 묘사할 뿐입니다.
형체와 색이 없는 공기와 바람.
우리 생명을 지탱해주는 존재입니다.

눈에 보이지 않는 강력한 존재는 많습니다.

그중에서도 시간이 가장 강력합니다.

세상의 모든 것을 바꾸어놓습니다.

세월을 이기는 존재는 그 어디에도 없습니다.

스스로 존재감이 없다고 생각하는 사람이 있습니다.

지금 하는 일이 무의미하다고 느끼는 사람도 있습니다.

그런 사람들의 시간이 모여 세월이 되고 역사가 됩니다.

그런 사람들의 생각이 모여 세상을 바꿉니다.

에필로그

사람 참 안 변한다고 합니다.

세상도 엄청나게 변하는 것 같지만,

변하지 않는 것도 어지간히 많습니다.

변화는 소중합니다.

살아 있다는 증명이기도 합니다.

그러나 변하지 않는다고 해서 죽은 것은 아닙니다.

변하는 것만큼이나 변하지 않는 것도 소중합니다.

변하지 않는 것이 오늘의 불출 씨를 만들었습니다.

또 내일을 살아가게 하는 원동력이기도 합니다.

끊임없이 변화를 꿈꾸어 온 불출 씨.

시간이 지나면 언제나 다시

그 자리에 돌아와 있는 자신을 발견합니다.

그렇게 되돌아온 자신을 불출 씨가 반갑게 맞이합니다.

토닥토닥.

어제를 버리는 중입니다

초판 1쇄 2023년 12월 18일

지은이 윤태영
펴낸이 박경순
디자인 강경신

펴낸곳 북플랫
출판등록 제2023-000231호(2023년 9월 12일)
주소 서울시 마포구 토정로 222 306호
이메일 bookflat23@gmail.com

ISBN 979-11-984934-1-5 (03810)